AF748397

www.ingramcontent.com/pod-product-compliance
Lightning Source LLC
LaVergne TN
LVHW010839051026
849532LV00007B/2753
9789369080199

انمول خزانہ

بچوں کے لیے دلچسپ اور مزیدار کہانیوں کا مجموعہ

فاکہہ قمر

© Fakeha Qamar
Anmol Khazana (Kids Stories)
by: Fakeha Qamar
Edition: June '2026
Publisher :
Taemeer Publications LLC (Michigan, USA / Hyderabad, India)

ISBN 978-93-6908-019-9

کتاب	:	**انمول خزانہ** (کہانیاں)
مصنفہ	:	**فاکہہ قمر**
ترتیب / تہذیب	:	بہرام علی وٹو
صنف	:	ادب اطفال
ناشر	:	تعمیر پبلی کیشنز (حیدرآباد، انڈیا)
سالِ اشاعت	:	۲۰۲۶ء
صفحات	:	۹۶
سرورق ڈیزائن	:	بہرام علی وٹو

Distributed globally through IngramSpark
Printed on demand by Ingram Content Group through regional printing facilities depending on order destination.

فہرست

انتساب

ان ابتدائی انسانوں میں سے ایک کے نام!

جنہوں نے پہلی بار وہ کچھ کیا جو دوسرے نہ کر سکے یعنی دوسروں کو راستہ دکھانے کا خواب، جس نے نئے قلم کاروں کو بتایا کہ وہ کیسے اپنے الفاظ کے ذریعے خود کو منوا سکتے ہیں۔ میں بھی انہی میں سے ایک ہوں. میری مراد ہیں میرے استاد محترم ذوالفقار علی بخاری صاحب جنہوں نے مجھے یہ یقین دلایا کہ میں بھی قاری سے لکھاری تک کا سفر طے کر سکتی ہوں!

پیش لفظ

ہر بچہ اپنے بچپن میں کہانیاں پڑھنا اور سننا پسند کرتا ہے۔
درحقیقت ہر انسان کے اندر ایک بچہ موجود ہوتا ہے بس فرق صرف اتنا ہے کہ کوئی اس کو جگا کر رکھتا ہے اور کوئی اس کو گزرتے وقت کے ساتھ سلا دیتا ہے۔
بچوں کی دلچسپی کو دیکھتے ہوئے ہر دور میں ادیبوں نے ان کے لیے مزیدار اور دلچسپ کہانیاں لکھی ہیں جن کو پڑھتے اور سنتے ہوئے ہم سب پروان چڑھے ہیں۔ بچوں کے لئے کہانیاں لکھنا آسان کام نہیں ہے لیکن یہ ادب کی بہت ہی اہم صنف ہے جس کو ''ادب اطفال'' کے نام سے جانا جاتا ہے۔
مجھے بچپن سے بچوں کے لئے لکھی گئی کہانیاں پڑھنے کا شوق تھا لیکن وقت اور حالات کے پیش نظر یہ شوق پروان نہ چڑھ سکا۔ سال 2018ء میں بچوں کا اسلام کے توسط سے ''بچوں کا کتاب گھر'' سے آشنائی حاصل ہوئی تو بغیر رکے اس مکتب سے شائع شدہ بچوں کی کہانیوں پر مبنی تمام کتابیں خرید کر پڑھ لیں اور اپنے اندر کے بچے کو دوبارہ سے جگا دیا۔ راحت عائشہ، فوزیہ خلیل، قرأت گلستان اور راکعہ رضا کی کتب کو پڑھنے کے بعد ایک احساس پیدا ہوا کہ یہ بھی تو میری جیسی عام سی لڑکیاں ہیں پھر میں کیوں نہیں؟
لکھاری بننے کا شوق دل میں آ تو گیا لیکن اس کو پایہ تکمیل تک پہنچانے کے اس راستے سے بے خبری کی بناء پر خاموشی سادھ لی اور ایک اچھے قاری ہونے کے تحت جس کو پڑھا اس کو سوشل میڈیا پر ڈھونڈا اور روابط استوار کرنے کی کوشش کی لیکن کوئی خاطر خواہ ردعمل نہ پا کر خاموشی اختیار کر لی۔
جون 2021ء کے ایک گرم لیکن سنہرے دن میں ایک اجنبی شخص سے متعارف ہوئی جس نے میرے اندر کے بچے اور چھپی ہوئی صلاحیتوں کو پہنچانتے ہوئے مجھے قاری سے لکھاری تک کا سفر طے کرنے کا مشورہ دیا۔ شومئی قسمت راتوں رات قلم کو تھاما اور بچوں کی دلچسپی، نفسیات اور رجحانات و میلانات کو مدنظر رکھتے ہوئے ''توجہ'' نامی کہانی لکھ ڈالی جو کہ بعد میں بچوں کے سب سے معیاری رسالے ''ماہنامہ پھول'' میں شائع ہوئی۔ اس اجنبی شخص نے میری جاگتی آنکھوں سے دیکھے گئے خوابوں کی تکمیل میں میری مکمل معاونت اور رہنمائی کی جس

کی بدولت محض ایک سال کے مختصر عرصے میں مجھے بے پناہ عزت اور پذیرائی حاصل ہوئی اور چار عدد پاکٹ سائز کتب بھی سامنے لانے کا موقعہ یوں ملا کہ بچوں کی پسندیدگی نے دل باغ باغ کر دیا اس کے ساتھ ہی قومی سطح پر دو عدد ایوارڈ لینے میں کامیاب رہی اور آج نہ صرف قومی بلکہ بین الاقوامی سطح پر بھی شہرت حاصل کرنے میں کامیاب ہوں۔

یہ فرشتہ صفت انسان کون ہے؟

یہ وہی ہیں جن کے نام انتساب منسوب کیا گیا ہے یعنی میرے قابل احترام استاد ''ذوالفقار علی بخاری'' صاحب ہیں۔

وہ دن اور آج کا دن میں نے پیچھے مڑ کر کبھی نہیں دیکھا۔

جب سے قلم کو تھاما ہے ہمیشہ اس کی حرمت و پاسداری کا خاص خیال رکھا ہے اور بچوں کی سوچ، ضرورت اور مسائل کو مدنظر رکھتے ہوئے کہانیاں تحریر کی ہیں۔

میری پہلی بچوں کے لیے لکھی کتاب ''انمول خزانہ'' آپ کے ہاتھوں میں ہے۔

میں اپنے مقصد میں کس حد تک کامیاب رہی ہوں اس کا فیصلہ تو قارئین کریں گے۔

امید واثق ہے کہ بچے اس کتاب سے بے حد محظوظ ہوں گے اور ان کو بہت کچھ سیکھنے اور سمجھنے کا موقع ملے گا۔مزید آپ کے صبر کا امتحان نہیں لوں گی، کتاب کو پڑھیں۔اپنی قیمتی آراء سے ضرور آگاہ کیجئے گا۔

آپ کی خیر اندیش:

فاکہہ قمر (ادب اطفال ادیبہ، کالم و انٹرویو نگار)

۱۸ اگست ۲۰۲۲ء

برقی پتہ: Xmano54321@gmail.com

فاکہہ قمر اور بچوں کی کہانیاں

عام طور پر بچوں کا ادب تخلیق کرنے کے جو مقاصد ہوتے ہیں ان میں ترغیب، حوصلہ، معلومات کی فراہمی اور بیانیہ شامل ہیں۔ بچوں کے ادب کو انگریزی میں چلڈرن لٹریچر کہا جاتا ہے لیکن اسے ایک اور نام سے بھی پکارا جاتا ہے اور وہ نام ہے literaturejuvenile۔

ادب کے ذکر کے حوالے سے مجھے یاد آرہا ہے کہ میں ہمیشہ سے یہ بات کہتا آیا ہوں کہ فی زمانہ ہمارے اطراف جو شعری ادب تخلیق ہو رہا ہے وہ معیار کے متمنی اہل ذوق کو قدرے مایوسی میں مبتلا کر رہا ہے۔ اس کی وجہ یہ ہے کہ اب شعری ادب تخلیق کرنے میں وہ محنت نہیں کی جاتی جو اس کا تقاضا ہے۔ شعری ادب کی بہ نسبت نثری ادب کم ہی لکھا جاتا ہے کیوں کہ نثری ادب میں بھلے ہی شعری ادب کی طرح پابندیاں نہ ہو لیکن اچھی نثر کسی شاعری سے کم جادو اثر نہیں ہوتی۔

برصغیر میں ادب اطفال کا منظر نامہ اسی مناسبت سے نثری تخلیقات کی کہکشاں سے منور ہے۔ اسماعیل میرٹھی، علامہ اقبال، ڈاکٹر ذاکر حسین، شفیع الدین نیر، مائل خیر آبادی اور مرتضٰی ساحل تسلیمی جیسے اکابرین نے اردو ادب کو جس طرح ثروت مند کیا ہے اس نے نئے آنے والے ادیبوں کی راہ آسان ضرور کی ہے۔ ایسے ہی نئے لکھنے والوں میں فاکہہ قمر کا بھی شمار ہوتا ہے۔ فاکہہ نے ادب اطفال کے شعبہ نثر میں اپنی جگہ بنانے میں کامیابی حاصل کی ہے۔ ایسا کم ہی ہوتا ہے کہ بچوں کا کوئی ادیب کم عمر سے ہی بچوں کی نفسیات سے واقف ہو جائے اور ان کی پسند ناپسند، ذہنی سطح اور موضوعات کے پیش منظر کے ساتھ اچھا ادب تخلیق کرے۔ فاکہہ قمر نے اس مرحلے پر قدم رکھ دیا ہے اور سبک روی کے ساتھ نہیں بلکہ تیز گامی کے ساتھ اس راستے پر گامزن ہیں۔ بچوں کے ادیب ذوالفقار علی بخاری کی سرپرستی کے ساتھ ساتھ رسائل اور اخبارات کے مدیران کی پذیرائی بھی انہیں حاصل ہے۔ ان کی تخلیقات ملک اور بیرون ملک میں بڑی کثرت سے شائع ہو رہی ہیں۔ فاکہہ قمر کی بچوں کے لیے لکھی گئی کہانیوں کے کئی مجموعے شائع ہو چکے ہیں۔ فاکہہ نے بچوں کے لئے نہایت آسان زبان میں کہانیاں تحریر کی ہیں۔

جس نظر سے میں نے ان کہانیوں کو دیکھا ہے ان میں چار باتیں مجھے بہت خاص دکھائی دیں۔ایک تو یہ کہ یہ کہانیاں بچوں کے لئے نہایت آسان زبان میں لکھی گئی ہیں۔دوسرے یہ کہ یہ کہانیاں بہت دلچسپ اور پرلطف ہیں۔تیسرے یہ کہ ان کہانیوں میں بچوں کے لئے کوئی نہ کوئی سبق موجود ہوتا ہے۔اور چوتھی خاصیت یہ ہے کہ ان کہانیوں میں بے جا طوالت نہیں پائی جاتی جس کی وجہ سے بچہ ہر کہانی کو ایک ہی نشست میں خوش دلی کے ساتھ پڑھ جاتا ہے۔

یہ ایک اچھی بات ہے۔

فاکہہ قمر کی کہانیوں کے عنوانات بھی اتنے دلچسپ ہوتے ہیں کہ بچوں کو پوری کہانی پڑھنے کے لیے اپنی طرف کھینچ لیتے ہیں۔مثلا بلی کی ببل، ناپاک منصوبہ، رنگین انڈوں کا جادو، تیری عظمت کو سلام، جذبہ جنون، فری کا گولڈی، عجیب وغریب وغیرہ۔ان تمام کہانیوں میں فاکہہ نے بچوں کو نہایت مشفقانہ اور دل نشین انداز میں نصیحت کی ہے جسے پڑھ کر بچے کو برا بھی نہیں لگتا اور بات بھی اس کے ذہن اور شعور تک پہنچ جاتی ہے۔مثلا ''بلی کی ببل'' میں انہوں نے بلی کی ببل کھانے کی عادت کو موضوع بنا کر سلیقے سے بلی کی عادت ترک کروائی ہے۔''رنگین انڈوں کا جادو'' آسان اور پرلطف زبان میں لکھی ہوئی کہانی ہے جو انڈوں کو رنگین کرنے کی شرارت پر توبات کرتی ہے لیکن ساتھ ہی انسان کے لالچ کو بھی موضوع بنا کر اس کی اصلاح کا راستہ دکھاتی ہے۔کہانی ''تیری عظمت کو سلام'' میں استاد کی عظمت کی تلقین کی گئی ہے۔

ایک کہانی جو''ناپاک منصوبہ'' کے زیرِ عنوان ہے، اسے پڑھ کر مجھے ایسا محسوس ہوا جیسے مجھے اس پر تھوڑی گفتگو کرنی چاہیے تاکہ نئے لکھنے والوں کی سمت نمائی ہو سکے۔؛اس کہانی میں بتایا گیا ہے کہ مرکزی کردار کس طرح ٹی وی سے ہندوانہ طور طریقے سیکھتا ہے اور پھر دوسرا کردار اسے ایسا نہ کرنے کا سبق دیتا ہے۔یہاں کہانی کار، کہانی کار نہیں بلکہ ایک مذہبی مبلغ بن کر بچے کو سمجھا رہا ہے۔انداز اچھا ہے لیکن ذہن نشین رہنا چاہیے کہ اپنے مذہب کو اچھا ثابت کرنے کے لیے دوسرے مذہب کو برا کہنا اسلام میں بھی مستحسن نہیں مانا گیا ہے۔کسی دوسرے مذہب کو برا بولنے سے اصلاح کا پہلو مضبوط نہیں رہ جاتا۔

ہمارے لیے تو کہا گیا ہے کہ ہم غیر مسلموں کے مذہب اور عبادت گاہوں کو برا نہ بولیں ورنہ بدلے میں وہ بھی اسلام پر حملہ کریں گے۔دوسری اہم بات یہ ہے کہ موجودہ زمانہ آفاقیت کا ہے اور جغرافیائی فاصلے بے معنی ہو گئے ہیں۔ہر ملک کا مصنف دنیا بھر میں شائع کیا جارہا ہے۔

فاکہہ اوران کے ساتھ لکھنے والے کئی مصنفین کی تحریریں بھی ہندوستان کے اخبارات میں شائع ہورہی ہیں۔ دونوں ملکوں میں تخلیق کیا جانے والا ادب سرحد کے اس پار بھی پڑھا جاتا ہے اوراس پار بھی پڑھا جاتا ہے۔ ایسے میں ان تمام لکھنے والوں کومشورہ ہے کہ وہ ایسے معاملات میں احتیاط کا دامن تھامے رکھیں اوروسعت نظری اورکشادہ قلبی کواپنی تحریروں اور کہانیوں کا لازمی جزو بنائیں۔ بہرحال مجھے یہ کہنے میں کوئی باک نہیں کہ ایک اچھی کہانی کار کےطور پرفاکہہ قمر کا مستقبل روشن اورتابناک ہے۔

خان حسنین عاقب (بھارت)

(شاعر،محقق،نقاد،مترجم اورادیب اطفال)

۲۲ستمبر۲۰۲۲ء

ادب اطفال کا مہکتا گلاب: فاکہہ قمر

بچوں کے لئے لکھنا کھیل نہیں ہے لیکن جو بچوں کے لئے لکھیں اور وہ نونہال پسند کریں ایسے ادیب بڑے باصلاحیت ہوتے ہیں۔ فاکہہ قمر کا شمار اُن ادیبوں میں ہوتا ہے جو پہلے قاری تھے لیکن اب قلم کو تھام کر اپنی ذمہ داری نبھانے کی کوشش کر رہی ہیں۔ فاکہہ قمر کو ہم نے جب لکھنے کا کہا تو انہوں نے انکار نہیں کیا اور دیکھتے ہی دیکھتے ادب اطفال کی دنیا میں ایک ایسا نام بنالیا ہے جن کی تحریریں نامور ادیبوں کی مانند ہر معیاری رسالے اور اخبار کے صفحات کی زینت بنتی ہیں۔

فاکہہ قمر جب بطور قلم کار اُبھریں تو کئی احباب نے دعویٰ کیا کہ انہوں نے ان کو لکھنے کی جانب مائل کیا تھا۔ ہم آج یہ دعویٰ کرتے ہیں کہ اگر نئے قلم کاروں کی بھرپور حوصلہ افزائی ہو رہی ہے تو وہ نئے لکھنے والے کہاں غائب ہو گئے ہیں جن کو گذشتہ برسوں میں خوب حوصلہ افزائی دی جا رہی تھی۔ ہم آج چند گنے چنے ناموں کے سواء کوئی ایسا معیاری لکھنے والا نہیں دیکھتے ہیں جو چند برسوں میں کسی کی حوصلہ افزائی سے سامنے آیا ہو۔ سلمان یوسف سمیجہ، احمد رضا انصاری، عرفان حیدر کا نام لیا جائے یا پھر تنزیلہ احمد، سیدہ اقراء اعجاز کا یہ سب اپنی صلاحیتوں کے بل بوتے پر ادب اطفال میں نام بنا رہے ہیں۔ میری نظر میں گذشتہ ایک برس میں جتنے بھی لکھنے والے سامنے آئے ہیں ان میں فاکہہ قمر کی کامیابی قابل فخر ہے جنہوں نے ہر ایسے موضوع پر لکھا ہے جن پر کوئی خاتون لکھتے ہوئے کئی بار سوچتی ہے۔

پاکستان کی ادب اطفال کی تاریخ میں فاکہہ قمر غالباً اولین خاتون قلم کار ہیں جنہوں نے محض چھ ماہ میں اپنی صلاحیتوں کو نہ صرف بھارت بلکہ پاکستان میں منوایا ہے۔ جو یہ کہتے ہیں کہ تبدیلی کے لئے برسوں کی جہدوجہد درکار ہوتی ہے وہ کسی اور دنیا کے باشندے ہوتے ہیں یہاں فاکہہ قمر نے ثابت کر دیا ہے کہ سچی نیت ہو تو چند ماہ بھی بہت ہیں کچھ کر دکھانے کے لئے۔ فاکہہ قمر نے اپنی ذات کو منوانے کے لئے جتنی محنت کی ہے وہ سب نوجوانوں کے لئے ایک مثال ہے کہ جب آپ تہیہ کر لیتے ہیں کہ آپ کو اپنا نام اور ساکھ قائم کرنی ہے تو پھر آپ دن رات کی محنت سے اپنے خوابوں کی تعبیر حاصل کر لیتے ہیں۔

اپنی ذات کو بطور خاتون لکھاری جس طرح سے یہ پیش کر رہی ہیں وہ کئی لڑکیوں کے لئے مثال بن رہی ہیں ۔فاکہہ قمر کی کامیابیوں کے پیچھے مشکلات اور مسائل بھی ہیں لیکن اہم بات یہ ہے کہ وہ حوصلے سے آگے بڑھ رہی ہیں ۔فاکہہ قمر نے معمولی رہنمائی سے خود کو یوں سنوارا ہے کہ آج ادبی حلقوں میں اُس کی کامیابی کو نئے لکھنے والے اپنے لئے ایک مثال سمجھ کر اپنی انفرادیت دیکھنے پر مائل ہو رہے ہیں کہ فاکہہ قمر نے لکھنے کے ساتھ ساتھ دیگر ہم عصر لکھاریوں کی بھی حوصلہ افزائی کرنا شروع کر دی ہے اور انٹرویوز بھی لے رہی ہے، غالباً یہی وجہ ہے کہ چند احباب کو ان کی کامیابی کھٹکتی ہے ۔آج بھی کئی احباب اس بات پر یقین کامل رکھتے ہیں کہ ان کے ہاتھ میں ''کسی اور کا قلم'' ہے لیکن مجھے علم ہے کہ جب آپ کسی کو اہمیت نہ دیں تو پھر کوئی بھی قابل شخص یوں اُبھر کر سامنے آتا ہے کہ لوگ دنگ رہ جاتے ہیں ۔کچھ ایسا ہی تب ہوا جب فاکہہ قمر کا بچوں کے معروف رسالے ماہنامہ جگنو، لاہور کے اگست 2022ء کے شمارے میں انٹرویو شائع ہوا۔

پاکستان کی ادب اطفال کی تاریخ میں شاید ہی پہلے کبھی ایسا ہوا ہو کہ کسی نئے قلم کار کی محض ایک سال کے عرصے میں شہرت اتنی ہوئی ہو کہ بچوں کے معروف رسالے میں انٹرویو شائع کیا گیا ہو یہ اپنی جگہ ایک اہم ریکارڈ ہے اور اب ان کی اولین کتاب آپ کے ہاتھوں میں ہے جو کسی بھی طرح سے کسی کارنامے سے کم نہیں ہے کہ ان سے قبل ان کی چار پاکٹ سائز کتب بچوں میں مقبولیت حاصل کر چکی ہیں ۔

اس کتاب میں شامل ہر کہانی ایک نیا رنگ لیے ہوئے ہے جو بچوں کو مطالعے کی جانب راغب کرتی ہے اور خاموشی سے اُن کی ذات میں تبدیلی پر بھی اُکساتی ہے ۔ان کہانیوں کو ایک استاد نے لکھا ہے جو یہ جانتا ہے کہ بچوں کو کس طرح کا مواد پیش کر کے ان کے دلوں کو جیتا جا سکتا ہے ۔

مجھے یقین ہے کہ ان کے اس مجموعے کے بعد دیگر کئی مجموعے بچوں تک پہنچیں گے اور ان کی تعلیم و تربیت میں اہم کردار ادا کریں گے ۔ فاکہہ قمر کے لئے بے شمار دعائیں ہیں ۔

اللہ مزید خوشیاں اور کامیابیاں عطا فرمائیں ۔

ذوالفقار علی بخاری

کالم نگار، مدرس، ادیب (ادب اطفال/ادب عالیہ)

رحیم یار خان ۔پاکستان

برقی پتہ: zulfiqarali.bukhari@gmail.com

تسنیم جعفری کی نظر میں۔۔۔۔فاکہہ قمر

عصر حاضر میں ایسے بہت سے نئے لکھاری متعارف ہوئے ہیں جو اعلی تعلیم یافتہ ہیں اور خصوصا ادب اطفال سے منسلک ہیں، یہ بات بہت خوش آئند ہے اور ادب اطفال کا مستقبل بہت روشن دکھائی دیتا ہے۔ ایسے نوجوان مبارک باد کے مستحق ہیں جو اعلی تعلیم حاصل کر کے پیسہ کمانے کی دوڑ میں شامل ہونے کی بجائے ادب سے منسلک ہو گئے ہیں، خصوصاً ادب اطفال سے کہ جہاں سے منافع اور فائدے کے حصول کی بالکل بھی توقع نہیں کی جا سکتی ہے۔

ایسی ہی ایک نئی لکھاری علامہ اقبال کے شہر سیالکوٹ سے تعلق رکھنے والی فاکہہ قمر ہیں جنہیں ہمہ جہت شخصیت کہا جائے تو بے جا نہ ہوگا کیونکہ وہ بیک وقت بہت سی جگہوں پر متحرک نظر آتی ہیں۔ گو کہ انہیں ادب کی دنیا سے منسلک ہوئے ابھی کم و بیش ایک سال کا ہی عرصہ ہوا ہے لیکن انہوں نے اپنی مسلسل محنت سے ادب کی دنیا اور خصوصاً فیس بک کے ادبی گروپس کی دنیا میں بہت نام کمایا ہے، ادبی گروپس میں ہر وقت کسی نہ کسی پراجیکٹ پر کام کر رہی ہوتی ہیں۔

کیونکہ فاکہہ ٹیچنگ کے شعبے سے وابستہ ہیں اس لئے بچوں کی کہانیاں اور مضامین بھی عمدہ لکھتی ہیں جو نہ صرف قومی بلکہ بین الاقوامی بچوں کے رسائل کی زینت بنتے رہتے ہیں۔

زیر نظر کتاب ''انمول خزانہ'' فاکہہ کی کہانیوں کا پہلا مجموعہ ہے جو بچوں کے لئے ہیں، اس کتاب میں ننھی منی پیاری پیاری لگ بھگ پچیس کہانیاں ہیں جن میں سے ہر کہانی نہ صرف دلچسپ ہے بلکہ ایک عمدہ اخلاقی سبق بھی لئے ہوئے ہے۔ جیسے یہ کہانی ''ببلی

کی ببل" میں بتایا گیا ہے کہ ببل کھانے کے کتنے نقصانات ہیں جو بچے بڑے شوق سے کھاتے ہیں۔ ببلی بھی ببل بہت شوق سے کھاتی تھی لیکن چونکہ زیادتی ہر چیز کی بری ہوتی ہے اس لئے اس کی سزا بھی بھگتنا پڑتی ہے۔ کہانی "ناپاک منصوبہ" کا مرکزی خیال حب الوطنی ہے، اس کہانی میں بہت عمدہ طریقے سے یہ بات سمجھائی گئی ہے کہ کس طرح بھارتی ڈراموں کی یلغار سے ہماری نئی نسل خراب ہو رہی ہے۔

کہانی "جذبہ جنون" میں بھی حب الوطنی سکھائی گئی ہے اور پاکستان بننے کی کہانی بہت پراثر طریقے سے چھ سالہ بچے سلمان کو سمجھائی گئی ہے۔

"فری کا گولڈی" میں بتایا گیا ہے کہ قربانی کے جانور کا کس طرح خیال رکھا جاتا ہے اور ان کا نام نہیں بگاڑا جاتا۔ ایک کہانی "عجیب وغریب" میں یہ بات بڑے دلچسپ انداز میں سمجھائی گئی ہے کہ ہر چمکتی چیز سونا نہیں ہوتی ہے۔

اسی طرح کتاب کی ہر کہانی ایک عمدہ سبق لئے ہوئے ہے اور یہی خوبی بچوں کی کہانیوں میں ہونی چاہئے کہ تفریح اور دلچسپی کے ساتھ ساتھ ایک اخلاقی سبق بھی ہو تاکہ کہانی کہانی میں وہ سبق بچوں کو از بر بھی ہو جائے اور تمام عمر یاد بھی رہے۔

دعا گو ہوں کہ فاکہہ اسی طرح بچوں کے لیے پیاری پیاری کہانیاں لکھتی رہیں اور ادب اطفال کی خدمات بھی جاری رہیں۔

آپ کے لیے دعا گو:

تسنیم جعفری (پاکستانی سائنس فکشن لکھاریہ، استاد)

لاہور، پاکستان

۲۵ ستمبر ۲۰۲۲ء

من کے سچے

علی بہت سمجھدار بچہ تھا۔اس میں بہت سی عادتیں اپنی عمر سے بڑے بچوں والی تھیں ۔وہ سب کا منظورِ نظر تھا۔کبھی کسی کو اس سے کوئی شکایت نہیں ہوئی تھی ۔سب گھر والے علی کی تربیت کے حوالے سے مطمئن تھے۔علی کا اٹھنا بیٹھنا بھی اچھے لڑکوں کے ساتھ تھا۔

پانچویں جماعت پاس کرنے کے بعد دادا کے پرزور اصرار پر ان کی خواہش کا احترام کرتے ہوئے علی کو مدرسے میں حفظ قرآن کے لیے داخل کروایا گیا۔سب نے دل پر پتھر رکھ کر علی کو رخصت کیا۔

مدرسے میں ہر گھر اور خاندان سے تعلق رکھنے والے بچے زیر تعلیم تھے۔رنگ رنگ کے لوگ اوپر سے بھانت بھانت کی بولیاں بولتے تھے۔شروع شروع میں علی کو کافی مسئلہ درپیش آیا لیکن وقت کے ساتھ اس نے خود کو حالات کے مطابق ڈھال لیا تھا۔ادھر علی کے نئے دوست بنے جو کہ طبیعت اور سوچ میں علی سے مکمل طور پر مختلف مزاج کے حامل تھے۔انہی کے زیر سایہ رہتے ہوئے علی میں بھی ایک برائی نے جنم لیا جس سے وہ خود بھی بے خبر تھا۔علی جو ہر بری بات اور حرکت سے کوسوں دور بھاگتا تھا وہ خود کب برائی کا حصہ بن گیا اسے معلوم ہی نہ تھا۔

قاری صاحب علی کے مزاج سے واقف تھے اور اسے بے حد پسند بھی کرتے تھے۔کچھ دنوں سے علی میں رونما ہوتی تبدیلی ان کی نظروں سے پوشیدہ نہ رہ سکی تھی۔ایک اچھے استاد کی نشانی یہی ہوتی ہے کہ جب وہ اپنے شاگرد کو راہ سے بھٹکتا ہوا پائے تو اسے سیدھی راہ دکھائے۔

قاری صاحب نے علی کو اکیلے میں اپنے پاس بلوایا۔

''بیٹا! میں آج آپ کو ایک واقعہ سناؤں گا۔''

علی مکمل طور پر قاری صاحب کی بات پر ہمہ تن گوش تھا۔

''بیٹا! یہ قصہ ہے ایک بزرگ کا جو اپنے وقت کے ولی اللہ تھے،لوگ آج بھی ان سے عقیدت رکھتے ہیں۔یہ واقعہ ان کے بچپن کا ہے۔وہ سفر پر روانہ ہو رہے تھے کہ ان کی والدہ نے انہیں چند اشرفیاں دیں جو کہ ان کی

جیب میں اندر کی جانب موجود تھیں، دیکھنے والی آنکھ اس سے اوجھل تھی۔ان کی والدہ نے انہیں نصیحت کی کہ بیٹا! کبھی جھوٹ نہیں بولنا۔انہوں نے اپنی ماں کی بات کو پلے سے باندھ لیا اور رخت سفر باندھ لیا۔راستے میں ڈاکوؤں نے ان کے لشکر پر حملہ کر کے لوٹ مار کی۔ایک ڈاکو نے ان سے پوچھا کہ تمھارے پاس کیا ہے؟"

"میرے پاس اشرفیاں ہیں۔"

اس معصوم بچے نے سچ بول دیا۔

ان کی تلاشی لی گئی پر کچھ بھی برآمد نہیں ہوا۔

"تم تو کہتے تھے تمھارے پاس اشرفیاں ہیں تو کدھر ہیں؟"

ڈاکو نے غصے سے استفسار کیا۔

اس نیک سیرت بچے نے اپنی جیب کے اندرونی حصے سے اشرفیاں نکال کر ان کے حوالے کیں۔ڈاکوان کی اس حرکت پر حیران و پریشان رہ گئے۔

انہوں نے بچے کو اپنے ساتھ لیا اور اپنے سرغنہ کے پاس لے گئے،اس کو سارا ماجرا سنایا گیا۔

سرغنہ خود حیرت زدہ رہ گیا، پہلی بار ایسا واقعہ رونما ہوا تھا۔

"تم نے ایسا کیوں کیا؟ اپنی جان اور مال کو خطرے میں کیوں ڈالا؟"

سرغنہ نے بچے سے دریافت کیا۔

اس پر اس نیک بخت نے کہا:

"گھر سے نکلتے وقت مجھے میری ماں نے نصیحت کی تھی کہ بیٹا جھوٹ کبھی نہیں بولنا۔"

بس میں تو اپنی ماں کا حکم بجا لا رہا ہوں۔

ڈاکوؤں کا سرغنہ بچے کی بات کو سن کر بہت متاثر ہوا،اس نے اس کی جان بخشی کر دی اور اشرفیاں بھی حوالے کر دیں۔ نہ صرف یہ بلکہ خود بھی اپنے گروہ کے ہمراہ مزید جرائم کرنے سے تائب ہو گیا۔وہ عظیم ہستی نیک سیرت بزرگ کوئی اور نہیں بلکہ شیخ عبدالقادر جیلانی تھے۔

قاری صاحب قصہ سنا کر خاموش ہو گئے جبکہ علی دل ہی دل میں بے حد شرمندہ اور بے چین تھا۔وہ خود کو بہت پژمردہ اور شرمسار محسوس کر رہا تھا۔

پچھلے چند دنوں سے علی جھوٹ بول رہا تھا اسے خود اس بات کا اندازہ تک نہ تھا۔

قاری صاحب کے سنائے گئے قصے نے اسے اندر سے جھنجھوڑ کر رکھ دیا تھا۔

علی نے دل میں توبہ کر لی تھی۔

اگلے چند دن بعد مدرسے سے چھٹیاں ہو گئی تھیں، سب بچے اپنے گھروں کو چلے گئے تھے، علی بھی گھر آ گیا تھا۔ آج اتوار کے باعث سب مل کر گپ شپ میں مصروف تھے کہ دروازے پر گھنٹی بجی۔

علی نے جا کر دروازہ کھولا تو سامنے ساتھ والے ہمسائے انکل عمر کھڑے تھے۔

''بیٹا! السلام وعلیکم! اپنے ابو کو کہو عمر انکل آئے ہیں۔''

علی نے ان کا پیغام لیا اور اندر آ کر ابو کے گوش گزار کر دیا۔

عمر صاحب کا نام سنتے ہی علی کے ابو کے ماتھے پر تیوریاں نمودار ہو گئی تھی۔

''ہونہہ! پھر کوئی کام ہوگا، بغیر کام کے تو یہ آتا بھی نہیں ہے۔''

علی کے ابو نے بڑبڑاتے ہوئے اپنے غصے کا اظہار کرتے ہوئے کہا۔

''جاؤ بیٹا، ان کو کہہ دو ابو گھر پر نہیں ہیں۔''

علی اپنے ابو کی ہدایت سنتے ہی مجسمہ حیرت بن گیا تھا۔

''ابو! یہ آپ کیا کہہ رہے ہیں؟''

علی تو گویا چیخ ہی پڑا تھا۔

''آپ ایسا کیسے کر سکتے ہیں؟''

علی اتنا ششدر تھا کہ اس سے بولا ہی نہیں جا رہا تھا۔

''نہیں ابو۔ میں ہرگز ایسا نہیں کروں گا۔ آپ تو خود کہتے تھے کہ ہمیں کسی بھی حال میں جھوٹ نہیں بولنا چاہیے۔ میں بالکل بھی جھوٹ نہیں بولوں گا، کسی نے میری گردن پر تلوار تھوڑی رکھی ہے۔''

علی اپنے جذبات میں بولنے پر آیا تو پھر بولتا ہی چلا گیا۔

عماد صاحب مجسمہ بنے اپنی سوچوں میں گم اپنا محاسبہ کرنے میں مگن تھے۔

ان کو اس بات نے بے حد شرمسار کیا تھا کہ ہم خود اپنے بچوں کو جھوٹ بولنے سے منع کرتے ہیں اور خود ہی یہ سبق بھول جاتے ہیں اور پھر انہیں زبردستی جھوٹ بولنے کی جانب آمادہ بھی خود ہی کرتے ہیں اور پھر شکایت بھی کرتے ہیں۔

کسی نے کیا خوب کہا ہے:

"بچے من کے سچے ہوتے ہیں"

راہ حق دکھانے والے خود اپنا راستہ بھول بیٹھے تھے، آج اس سچے من والے کی وجہ سے بھولے بھٹکے ہوئے لوگوں کو اپنا راستہ مل گیا تھا۔

مشغلہ

''م۔ش۔۔۔مش۔۔مش غلا۔''

''م۔ش۔۔۔مش۔۔مش غلا۔''

''م۔ش۔۔۔مش۔۔مش غلا۔''

''م۔ش۔۔۔مش۔۔مش غلا۔''

سحر کب سے ایک لفظ کے حروف کو توڑ جوڑ کرنے میں مشغول تھی۔

''ارے، ارے۔ یہ کیا پڑھ رہی ہو؟؟؟''

امی کے اچانک بولنے پر سحر چونک گئی تھی۔

''یہ لفظ پڑھ رہی ہوں، بڑی ہی مشکل سے اس کا توڑ جوڑ ہوا ہے۔''

سحر نے انگلی سے کتاب کے ایک صفحے پر موجود لفظ کی طرف اشارہ کر کے اپنی مشکل بتائی۔

''اوہو۔ آپ ابھی بھی غلط لفظ پڑھ رہی ہو۔''

امی نے سحر کو بتایا تو اس کا چہرہ مرجھائے ہوئے پھول کی مانند ہو گیا۔

''یہ دیکھو!'' امی نے سحر کے اترے ہوئے چہرے کی جانب دیکھا اور اسے سمجھانے لگی کہ کیسے توڑ جوڑ کر کے صحیح لفظ پڑھا جاتا ہے۔

''افف یہ کتنا مشکل لفظ ہے، اس کے معنی کیا ہیں؟'' سحر نے پوچھا۔

''بیٹا! اس لفظ کو 'مشغلہ' کہتے ہیں، فارغ اوقات میں کسی صحت مندانہ سرگرمی میں مشغول ہونا مشغلہ کہلاتا ہے۔ بہت سے لوگوں کے بے شمار مشاغل ہوتے ہیں جیسے کہ کچھ لوگ ڈاک کی ٹکٹ اکٹھی کرتے ہیں، کچھ پرانے سکے یا سیپیاں جمع کرنے کا شوق رکھتے ہیں، بعض لوگ موسیقی کا آلہ بجاتے ہیں، کھانا پکاتے ہیں، مطالعہ کرتے ہیں، مختلف جگہوں پر سفر کرتے ہیں۔ ایسے ہی ہر انسان کی فطرت، سوچ اور دلچسپی کی بناء پر اپنے مزاج

کے مطابق مشغلے ہوتے ہیں۔''

امی نے سحر کو تفصیلاً اس لفظ کا معنی ومفہوم سمجھاتے ہوئے بتایا۔

''واہ امی! یہ تو بڑا مزے کا کام ہے لیکن۔۔۔'' سحر اس لفظ کا شجرہ نسب جان کر بہت خوش ہوئی لیکن ساتھ ہی اس کا کھلتا چہرہ بھی اتر گیا تھا۔

''لیکن کیا بیٹا؟'' امی نے سحر سے پوچھا جو نامعلوم الجھن میں گرفتار ہو گئی تھی۔

''سب لوگوں کا کوئی نہ کوئی مشغلہ ہے لیکن میرا تو کوئی بھی نہیں ہے۔''

سحر نے افسردہ سا منہ بنا کر امی کو کہا۔

''اوہو! اس میں پریشانی والی کون سی بات ہے۔ پہلے نہیں تھا تو اب بنا لو۔''

امی نے جھٹ سے ترکیب پیش کر دی۔

''یہ ٹھیک ہے لیکن میں کیا کروں گی؟''

سحر ابھی بھی الجھی ہوئی تھی۔

''آپ بتاؤ آپ کو سب سے زیادہ کون سی چیز پسند ہے، زیادہ دلچسپی کس میں ہے؟''

امی نے تفصیل سے سحر کو وضاحت دیتے ہوئے اس کی پسند کے بارے میں دریافت کیا۔

''ہمم! مجھے سب سے زیادہ کیا پسند ہے؟؟؟''

سحر نے خود کلامی کے انداز میں سوال کیا۔

''یہ تو بیٹا آپ کو معلوم ہو گا کہ آپ کو سب سے زیادہ کیا پسند ہے؟''

امی نے انتخاب کا حق سحر کے سپرد کر دیا تھا۔

''مجھے تو سب سے زیادہ یہ پھول اچھے لگتے ہیں جن سے میں مالا بناتی ہوں اور ان کے ساتھ کھیلتی بھی ہوں۔''

سحر نے بہت سوچ بچار کے بعد اپنی پسند بتا دی۔

''ارے واہ! یہ تو زبردست ہو گیا۔''

امی کو دلی طور پر سحر کا جواب پسند آیا تھا۔

''اب میں کیسے اس کو اپنا مشغلہ بناؤں؟''

سحر نے امی سے سوال پوچھا۔

''یہ کوئی مشکل کام نہیں ہے۔آپ جب فارغ ہوتی ہوتو پودوں کی دیکھ بھال کیا کرو،ان کو پانی دیا کرواور فالتو پتے اور جھاڑیوں کا سفایا کر کے آپ باغبانی کو اپنا مشغلہ بنا سکتی ہو۔''

امی نے سارا لائحہ عمل تیار کر کے سحر کو دے دیا۔

''ہاں یہ ٹھیک رہے گا۔''

سحر کو امی کی بتائی تجویز بہت پسند آئی تھی۔

امی نے اپنی بیٹی کے شوق کو مدنظر رکھتے ہوئے اس کے لیے کئی پھولوں والے پودے اور گملے منگوا کر دیے اور خود ساتھ مل کر ان کو لگایا۔

سحر بہت خوش تھی کہ اس نے بھی باغبانی کا مشغلہ اختیار کر لیا ہے جو کہ ایک نہایت صحت مندانہ اور ماحول دوست کام ہے۔

روشن چراغ

''مبشر۔مبشر بیٹا! کدھر ہو؟''

امی کب سے مبشر کو آوازیں دے رہی تھیں۔

''مبشر! تمھیں میری آواز سنائی نہیں دے رہی؟''

امی نے ذرا غصے سے آواز لگائی۔

''جی امی! کیا بات ہے؟''

مبشر نے لاپروائی سے جواب دیا۔

مبشر ٹی وی دیکھنے میں مگن تھا ایسے میں امی کے بار بار بلانے پر اس کی طبیعت پر گراں گزر رہا تھا۔

''کب سے بلا رہی ہوں، جواب کیوں نہیں دے رہے تھے؟ چلو اٹھو ٹی وی بند کرو اور سکول کا کام کرو پتا بھی ہے 6 بجے بجلی نے چلے جانا ہے پھر کیوں وقت ضائع کرر ہے ہو؟''

امی نے مبشر کو ڈانٹتے ہوئے ٹی وی بند کرنے کا کہا۔

''افف! کیا مصیبت ہے، کبھی بجلی آتی ہے تو کبھی جاتی ہے۔ بندہ سکون سے پڑھ بھی نہیں سکتا ہے۔''

مبشر نے اکتا کر بڑبڑاتے ہوئے ٹی وی بند کرتے ہوئے کہا۔

''شکر کرو بیٹا! اللہ نے آپ کو بجلی کی یہ سہولت مہیا کی ہے ورنہ وہ لوگ بھی تو ہیں جن کے پاس یہ سہولت تک نہیں ہے۔''

امی نے مبشر کو شکر ادا کرنے کی تلقین کی اور ساتھ ہی اس کی توجہ اس نعمت کی جانب مبذول کروائی جو کہ آج کل نایاب ہو چکی ہے۔

''امی! جس حساب سے بجلی آتی اور جاتی ہے ہم میں اور ان لوگوں میں اب کوئی خاص فرق نہیں رہ گیا۔''

مبشر شدید بے زار تھا اس لیے موجود نعمت کی قدر و قیمت کا اسے احساس نہ تھا۔

''چلو بس، اب بیٹھ کر پڑھو، بہت ہو گئی باتیں۔''

امی نے مبشر کو سرزنش کرتے ہوئے کہا۔

''پڑھنا اب کیا ہے، آدھا گھنٹہ تو رہ گیا ہے بجلی کے جانے میں۔''

مبشر نے اپنی طرف سے بہانہ گھڑتے ہوئے امی کو جواب دیا۔

''تم کتنے ہڈحرام اور کام چور ہوتے جا رہے ہو۔''

امی نے مبشر کی سستی و کاہلی پر چوٹ کرتے ہوئے کہا۔

''مم۔میں؟؟؟ میں تو ایسا نہیں ہو؟''

اپنے بارے میں امی کے منہ سے سچ سن کر مبشر گڑبڑا کر رہ گیا۔

''جنہوں نے پڑھنا ہوتا ہے وہ وقت ضائع نہیں کرتے، ہر قسم کے حالات میں پڑھ لیتے ہیں اور نہ صرف اپنا بلکہ ملک وقوم کا نام بھی روشن کرتے ہیں۔''

امی نے مبشر کو لتاڑتے ہوئے اس کی اچھی خاصی کلاس لی۔

''ارے امی! یہ محض افسانوی باتیں ہیں۔آج کل ایسا کہاں ہوتا ہے؟''

مبشر نے امی کی بات کو گویا یوں اڑایا جیسے ناک سے مکھی کو اڑایا ہو۔

''تمھیں میری بات پر یقین نہیں ہے؟''

امی نے اس کو گھورتے ہوئے پوچھا۔

''نہیں امی! ایسی کوئی بات نہیں، میں تو یہ کہہ رہا تھا کہ بغیر بجلی کے بھلا کون پڑھ سکتا ہے؟''

مبشر نے جلدی سے اپنا دفاع کرتے ہوئے کہا۔

''تمھیں میری بات پر یقین نہیں حالانکہ اس کی مثال تمھارے سامنے ہے۔''

امی نے مسکراتے ہوئے مبشر کو ہنٹ دیا۔

''کیا مطلب؟ کون ہے وہ؟''

مبشر نے ناسمجھی سے سوال کیا۔

''تمھیں بجلی کی سہولت میں پڑھتے ہوئے مسئلہ ہوتا ہے جبکہ تمھارے میرے ہم سب کے قائد، قائداعظم محمد علی جناح لالٹین کی روشنی میں بیٹھ کر پڑھتے تھے۔''

امی نے بڑے فخر سے مبشر کو قائد کے متعلق بتایا۔

''قائداعظم لالٹین کی روشنی میں پڑھتے تھے؟؟؟''

مبشر کو تو سن کر گویا غش ہی پڑ گیا، اسے یقین ہی نہیں آ رہا تھا۔

''ہاں جی! جن کی نیت ہوتی ہے کچھ کرنے کی، ان کے پیشِ نظر بہت سے مقاصد اور روشن مستقبل ہوتا ہے اور ان کے ارادے بلند و مضبوط ہوتے ہیں ا ان کو اس بات سے فرق نہیں پڑتا کہ ان کے پاس سہولت ہے یا نہیں۔ ان کی نظریں اپنے مقاصد پر ہوتی ہیں۔''

امی نے ولولہ خیز مختصر مگر جامع تقریر کر کے مبشر کے لہو کو گرما کے رکھ دیا۔

''بڑی بات ہے!''

مبشر نے ستائشی انداز میں تعریف کر ڈالی۔

وہ قائداعظم سے بے حد متاثر نظر آ رہا تھا۔

''کچھ سمجھ آئی بات کی؟ جو چیز میسر ہے اس کو غنیمت سمجھو اور اپنے پیشِ نظر مقاصد کا تعین کرو اور ان کے حصول کو ممکن بنانے میں ہر دم سرگرداں رہو نہ کہ وقت کا ضیاع کرو۔''

امی نے مبشر کو سمجھاتے ہوئے کہا۔

''جی امی! میں سمجھ گیا۔''

مبشر نے بظاہر یہ بات امی سے کہی تھی لیکن دل ہی دل میں اس نے پختہ عہد کر لیا تھا کہ اب وہ وقت کا ضیاع نہیں کرے گا اور موجودہ سہولیات سے مکمل مستفید ہوتے ہوئے اپنے آئندہ مستقبل کو روشن کرے گا جیسے قائداعظم نے اپنے مقصد کو پالیا تھا ویسے ہی اسے اپنے خوابوں کی تعبیر پانی تھی۔

ببلی کی ببل

آٹھ سالہ ننھی ببلی اپنی شرارتوں اور حرکتوں کی وجہ سے پورے خاندان کی ہر دلعزیز تھی۔
سب کی آنکھوں کا تارا تھی۔
گویا! جگنو کی مانند جدھر جائے ادھر روشنی کر دے۔
سب ببلی سے بہت پیار کرتے تھے۔
وہ تھی ہی اتنی پیاری دل موہ لینے والی۔
بالکل گڑیا جیسی۔ وہ چینی کی مورتی کی طرح لگتی، چھوئی موئی سی۔ ایسا معلوم ہوتا تھا کہ رب نے بڑی فرصت سے اس کو بنایا ہے۔ ببلی کو جب بھی پیسے ملتے وہ ڈھیر ساری ببل لے آتی تھی۔ اسے جنون کی حد تک ببل پسند تھی۔ شروع میں تو سب لاڈ پیار میں خود بھی ببل لا کر دیتے تھے۔ سب اسے سمجھاتے کہ ''ہر چیز اعتدال میں اچھی لگتی ہے، حد سے زیادہ میٹھا صحت کے لیے مناسب نہیں ہے۔''
ببلی کے سر پر تو جنون سوار تھا۔ سارا سارا دن ڈھیروں ببل کھاتی نہ تھکتی تھی۔ سب اس کو سمجھاتے پر اس کے سر پر جوں تک نہ رینگتی تھی۔ دن بہ دن بے تحاشا میٹھا کھانے سے دانتوں میں کیڑا لگنا شروع ہو گیا۔ دانت کالے، کیڑے زدہ، بھدے اور بدبودار ہو گئے تھے لیکن ببلی کا جنون تھا کہ کم ہونے میں نہیں آ رہا تھا۔ دانتوں کے بے تحاشا درد اور اذیت سہنے کے باوجود وہ اپنی پیاری ببل گم کو چھوڑنے کی روادار نہ تھی۔
ببلی کی ایک اور عادت بھی بہت غلط تھی۔ ایک تو سارا دن گائے کی طرح چپ چپ منہ چلاتی ببل کھاتی، تو دوسری جانب جب ببل کا رس ختم ہو جاتا تو اس کو اندر گزار لیتی۔
جی ہاں! ببل کھانے کے بعد باہر نہیں پھینکتی تھی۔ سب کے سمجھانے کے باوجود ببلی پر کوئی اثر نہ ہوا تھا۔
وقت یوں ہی گزرتا گیا۔ ببلی ببل کھاتی اور اندر گزارتی رہی۔ وہ اب بڑی ہو گئی تھی ننھی منی نہیں رہی تھی۔
ایک دن اچانک ببلی کی طبیعت بہت خراب ہو گئی، گھر والوں کے تو ہاتھ پاؤں ہی پھول گئے تھے۔ ببلی جو کھاتی باہر نکل جاتا۔ الٹیاں تھی کہ رکنے کا نام ہی نہ لیتی تھی۔ ڈاکٹر ببلی کی صورتحال سمجھنے سے قاصر تھے۔ ببلی کے ٹیسٹ

کروائے گئے، کچھ صبر آزما لمحوں کے بعد ٹیسٹ کی رپورٹ ڈاکٹر کے ٹیبل پر پڑی تھی۔ڈاکٹر ورطہ حیرت کی عملی تفسیر بنا کبھی ببلی کو دیکھتا کبھی رپورٹ کو پڑھتا تھا۔

ببلی کی صورتحال کے پیش نظر اس کا فوری آپریشن کرنا لازم تھا،اس کا معدہ مکمل طور پر خراب ہو چکا تھا جس کی وجہ سے کوئی چیز اندر نہیں رک رہی تھی۔

بہرحال،فوری آپریشن کرنا پڑا۔چند گھنٹوں کے صبر آزما لمحوں کے بعد ڈاکٹر نے اطلاع دی کہ آپریشن کامیاب ہوا ہے تو سب کی جان میں جان آئی۔

ببلی ابھی بے ہوش تھی۔

اللہ اللہ کر کے اس نے آنکھیں کھولی تو سب نے شکر کا کلمہ پڑھا۔

ڈاکٹر نے ببلی کو ہوش میں آتے دیکھ کر ایک سیاہ بدبودار چیز دکھائی۔ببلی کی تو چیخ ہی نکل گئی تھی۔وہ اس قدر بھیانک چیز تھی کہ سب گھبرا گئے تھے۔اصل میں وہ سیاہ چیز ببل تھی جو ببلی اندر گزارتی تھی،اور وہ ہضم نہیں ہوتی تھی اور معدے کے منہ پر جا کر جم جاتی تھی۔وہ کیمیکل شدہ چربی معدے کے منہ پر تہہ در تہہ جمتی جارہی تھی،اگر یہ بروقت نہ نکالی جاتی تو موت بھی واقع ہونے کا خدشہ تھا۔ڈاکٹر نے ببلی کو بتایا کہ اگر یہ بروقت معلوم نہ ہوتا تو ببلی کی جان بھی جاسکتی تھی اور کینسر کا امکان بھی تھا۔ببلی بہت ڈر گئی تھی۔اس دن اس نے دل میں تہیہ کر لیا تھا کہ آئندہ کبھی ببل نہیں کھائے گی۔اس دن سے ببلی نے ببل نہیں کھائی۔اگر کسی کو کھاتا دیکھ لیتی تو فوراً منع کرتی تھی۔

کیا آپ بھی ببل گم کھاتے ہیں؟اگر کھاتے ہیں تو کیا اندر بھی گزارتے ہیں؟

اگر ہاں!تو اپنی اصلاح کریں۔کہیں دیر نہ ہو جائے۔

وہ کہتے ہیں نا کہ **”جان ہے تو جہاں ہے“**

لگن

''یہ نالائق اس قابل نہیں ہے کہ اسے سکول بھیجا جائے ،کل سے یہ میرے ساتھ کام پر جائے گا۔''

علی نے غصے سے لال ٹماٹر منہ اور شعلہ برساتی آنکھوں سے اختر کو گھورتے ہوئے حکم صادر کیا۔

''لیکن بیٹا! ابھی تو یہ بہت چھوٹا ہے۔''

دادی نے پوتے کی حمایت میں کہا۔

''میرے پاس اتنے فالتو پیسے نہیں ہیں کہ میں اس کے سکول کی فیس ادا کر سکوں۔''

اختر کے والد نے صاف کھلے الفاظ میں کہہ دیا تھا۔

''ہائے اللہ! میرا معصوم بچہ۔''

اختر کی امی نے آہیں بھرتے روتے ہوئے آسمان کی طرف منہ کر کے اللہ سے فریاد کی۔

****

اختر کو چھوٹی عمر سے پڑھنے لکھنے کا بہت شوق تھا۔

اس کے گھر کے حالات اجازت نہیں دیتے تھے کہ وہ باقاعدہ کسی سکول میں پڑھ سکے۔اپنی علم کی پیاس بجھانے کے لیے اختر اردگرد سے کوئی نہ کوئی مطالعے کا سامان اکٹھا کر ہی لیتا تھا۔اختر کی علم سے محبت کی پیاس کو دیکھتے ہوئے اس کو سکول میں داخل کروادیا گیا تھا۔

اس کی خوشی کا کوئی ٹھکانہ نہ تھا،اس کی تو مراد برآئی تھی۔دن رات اختر بہت ہی دلجمعی کے ساتھ پڑھائی کرتا تھا اور ہر جماعت میں نمایاں نمبروں سے کامیابی حاصل کرتا تھا۔اختر کے امی ابو اس کی لگن کو دیکھتے ہوئے اس کی جیسے تیسے فیس ادا کرتے تھے۔

****

''ماشاءاللہ! ایک بار پھر سے ہمارے سکول کا قومی سطح پر نام روشن کرنے والا ہونہار طالب علم اوّل پوزیشن سے ہمکنار ہوا ہے۔''

اسمبلی کے دوران پرنسپل صاحب نے پورے سکول کو خوشخبری سنائی۔

''آپ سب کی بھرپور تالیوں میں اختر کو سٹیج پر بلایا جاتا ہے۔''

آٹھویں جماعت میں بورڈ کے امتحانات میں نمایاں طور پر کامیابی حاصل کر کے جہاں اختر نے سکول کا نام روشن کیا وہیں اپنے والدین کا سر بھی فخر سے بلند کر دیا تھا۔ پورا سکول اس حقیقت سے واقف تھا کہ اختر محض اپنی محنت کی بدولت کامیاب ہوا ہے وگرنہ اس کے حالات اسے اجازت نہیں دیتے کہ وہ تعلیم حاصل کر سکے۔ ہر خاص و عام کی زبان پر صرف ایک ہی نام تھا جو کہ سب کے لیے مثال تھی لیکن کچھ حسد کے ماروں سے اختر کی کامیابی ہضم نہیں ہو رہی تھی۔

حاسدین اپنے حسد کی آگ میں خود ہی جل بھن رہے تھے۔

****

سکول کو رنگ برنگے چارٹ، غباروں اور تصاویر سے سجایا جا رہا تھا۔ ملکی سطح پر اختر کی کامیابی کی بدولت جو ادارہ صفحہ اوّل پر آیا تھا اس کی حوصلہ افزائی کے لیے محکمہ تعلیم کے وزیر اور دیگر افراد بمعہ میڈیا کی ٹیم کے تشریف لا رہے تھے۔

ہر سو ہلچل مچی ہوئی تھی، سب لوگ تیاریوں میں منہمک تھے۔

''سنو اختر! یہ کارڈ تمھارے لیے ہیں سر نے بھیجے ہیں۔ یہ کارڈ ان کو تب دینے ہیں جب وہ تشریف لے آئیں اور اپنی نشست سنبھال لیں۔''

مہمان خصوصی کے آتے ہی نوید نے اختر کو دبوچ لیا تھا۔

اختر کو استقبالیہ پر مہمانوں کو خوش آمدید کہنے کی ذمہ داری سونپی گئی تھی لیکن نوید کی وجہ سے تاخیر ہو گئی تھی۔ نوید نے جان بوجھ کر اختر کو باتوں میں الجھا کر اس کا وقت ضائع کر دیا تھا اور وہ بیچارہ دل مسوس کر رہ گیا تھا۔ پرنسپل صاحب کے چہرے پر خفگی کے اثرات اختر کو پشیمان کر رہے تھے۔

جلد بازی میں نوید کے دیے کارڈ اختر نے بغیر پڑھے مہمان خصوصی میں تقسیم کر دیے۔ اختر کا خیال تھا سب کارڈ پا کر بہت خوش ہوں گے لیکن یہ کیا؟؟؟

''یہ کیا بکواس ہے؟؟؟''

محکمہ تعلیم کے وزیر غصے سے آگ بگولا، لال ٹماٹر کی مانند منہ پھلائے خفگی کا اظہار کرتے دیکھتے ہی دیکھتے آتے

ساتھ ہی تمام مہمان واپس روانہ ہو گئے۔

سب ہکا بکا منہ کھولے یہ مناظر دیکھ رہے تھے۔

اختر و دیگر طلباء ناسمجھی سے یہ سارا تماشہ دیکھ رہے تھے جبکہ دور نوید اور اس کے ساتھی خوشی سے جھوم رہے تھے، آخر کو ان کا پلان جو کامیاب ٹھہرا تھا۔

دراصل اختر اپنی زندگی کی سب سے سنگین غلطی سرانجام دے چکا تھا جس کا بذات خود اس کو ادراک بھی نہیں تھا۔

جو کارڈ اختر نے تقسیم کیے تھے ان پر خوش آمدید کے کلمات کی بجائے نہایت ہی نازیبا اور تنقیدانہ الفاظ درج تھے جس کو کوئی بھی پڑھ کر بآسانی مشتعل ہو سکتا تھا۔ بھولپن میں انجانے میں اختر سے سرزد ہوئی غلطی کی سزا اس کو سکول سے خارج کرنے پر ملی۔

یہ سزا اختر کے لیے بے حد تکلیف دہ تھی، غلطی نہ ہوتے ہوئے بھی اس کو اس جرم کی سزا ملی جو اس نے کیا ہی نہیں تھا۔

****

''اوئے چھوٹے! ہاتھوں میں جان نہیں ہے کیا؟ جلدی ہاتھ چلا۔''

کرخت آواز اور سانڈ جیسی جسامت کے دیو ہیکل انسان نے چھڑی سے وار کرتے ہوئے معصوم پھول جیسے بچے کو مارتے ہوئے کہا۔ نہ چاہتے ہوئے بھی اختر کو گھر چلانے کے واسطے کام پر جانا پڑتا تھا۔ چھوٹی سی عمر میں مزدور بن کر سارا دن مزدوری کرتا اور شام کو اپنی علم کی پیاس بجھانے پرانی کتابوں والی دکان پر پایا جاتا۔ اختر کی پڑھائی تو چھوٹ گئی تھی لیکن اس کی علم سے محبت اور پیاس کبھی ختم نہیں ہوئی تھی۔

****

''السلام علیکم سر! کیسے ہیں آپ؟''

منشی علیم نے نہایت مرغوب اور سہمے ہوئے انداز میں اپنے باس کو مخاطب کیا۔

''وعلیکم السلام! میں ٹھیک ہوں، کیا آج کوئی کام نہیں ہے؟''

باس نے اپنے منشی سے استفسار کیا۔

''سر! کچھ لوگ کافی دیر سے آپ کا انتظار کر رہے ہیں، وہ صرف آپ سے ہی ملنا چاہتے ہیں۔''

منشی نے آج کا اہم کام بتاتے ہوئے جواب طلب کیا۔

''ہاں ٹھیک ہے منشی جی! چلتے ہیں۔''

باس نے نہایت ملنساری اور عاجزی کے ساتھ جواب دیتے ہوئے کہا اور چل پڑے۔

ویٹنگ روم بے شمار مستحق افراد سے بھرا پڑا تھا اور باس نہایت آرام سے ان کے درمیان بیٹھے ان کے مسائل سن اور حل کر رہے تھے۔

یہ رحم دل شخص کوئی اور نہیں بلکہ اختر تھا جس نے نامساعد حالات کا ڈٹ کر مقابلہ کیا اور ہمت نہیں ہاری تھی۔ آج ایک دنیا اسے جانتی ہے اور اس کے پیچھے ہے لیکن وہ خود کو غیر معروف مانتا ہے۔ یہی اس کی عاجزی کی انتہاء تھی۔ محنت مزدوری کے ساتھ تعلیم کو جاری رکھتے ہوئے اختر نے بذات خود اپنی مدد آپ کے تحت یہ مقام حاصل کیا تھا اور اپنے پیروں پر کھڑا ہوا تھا۔

وہ آج بھی محنت اور پوری ایمانداری کے ساتھ اپنا کام سرانجام دے رہا ہے اور یہ محض اس کی لگن ہے جس کی بدولت وہ کامیابی کی راہ کا مسافر بنا۔

توجہ

زیان کلاس دوئم کا نہایت سلجھا ہوا اور ہونہار طالب علم تھا۔

والدین اور اساتذہ کا منظورِ نظر ہونے کے ساتھ ساتھ وہ اپنے ہم جماعت لڑکوں میں بھی بہت مقبول تھا۔ ہر کسی کی زبان پر ہمہ وقت اس کی تعریف ہوتی تھی، ہر کوئی اس سے پیار کرتا تھا، اس کا شمار فطین بچوں میں ہوتا تھا جن کو اللہ تعالیٰ نے 140 یا اس سے اوپر آئی کیو لیول دیا ہوتا ہے ان کے بارے میں کہا جاتا ہے:

''ہونہار بروا کے چکنے چکنے پات''

وقت تیزی سے گزرتا گیا اور اپنے ساتھ بے شمار تبدیلیاں لے کر آیا تھا۔

زیان احمد وہ جس سے کسی کو کبھی شکایت نہیں ہوتی تھی آج ہر کوئی اس سے تنگ تھا۔ ہر کسی کی زبان جو کبھی اس کے لیے شہد اگلتی تھی آج زہر اگلتی ہے۔ والدین اور اساتذہ سر پکڑ کے بیٹھے ہیں یہ آخر کایا کیسے پلٹ گئی ہے؟ زیان جس کی آواز کبھی کسی نے نہیں سنی تھی آج وہ چیخیں مارتا، لڑتا جھگڑتا اور تنگ کرتا ہے اور اب کسی کا کہنا نہیں مانتا تھا، اور تو اور پڑھائی میں بھی اول سے صفر پر آ گیا تھا۔

سالانہ امتحانات کا رزلٹ آیا تو ہر کوئی ششدر رہ گیا تھا۔ وہ بچہ جو پوزیشن لیتا تھا آج وہ فیل ہو گیا تھا۔ اس کی لاپرواہی اور بے راہ روی سے اس کی پوزیشن کی امید نہ تھی لیکن وہ فیل ہو جائے گا اس بارے میں کسی نے نہیں سوچا تھا۔

زیان کی ٹیچر مہوش اس کے رویے اور کارکردگی سے بہت پریشان تھیں۔

ایک دن انہوں نے زیان کو آدھی چھٹی کے دوران میں اپنے پاس بلایا اس سے چھوٹی موٹی باتیں کرنے لگیں جب وہ ذرا سنبھل گیا تو ٹیچر نے اس سے پوچھا۔

''آپ اتنے پیارے بچّے تھے، پوزیشن ہولڈر تھے آپ کو کیا ہو گیا؟''

پہلے پہل وہ چپ رہا پھر رونے لگا اور کہنے لگا۔

''پہلے میری امی مجھ سے پیار کرتی تھیں، مجھے پڑھاتی تھیں، اب وہ مجھ سے پیار نہیں کرتی ہیں اور نہ ہی پڑھاتی

ہیں۔''

ٹیچر اس کی بات سن کر بہت پریشان ہوئی۔

''بیٹا! یہ بات آپ کے ذہن میں کیوں آئی، ایسا کیوں سوچتے ہو؟''

ٹیچر نے فکرمندی سے زیان سے استفسار کیا۔

زیان پھر سے رونے لگا اور کہنے لگا۔

''امی پہلے مجھ سے پیار کرتی تھیں، مجھے پڑھاتی تھیں میرے ساتھ کھیلتی تھیں اب وہ مجھ سے نہیں بلکہ موبائل سے پیار کرتی ہیں۔ ہروقت اس کو ساتھ رکھتی ہیں، میں اگر اسے ہاتھ لگاؤں تو مجھے مارتی ہیں۔''

ٹیچر اس کی ساری بات سن کر بہت پریشان ہوئی لیکن ان کو ساری بات سمجھ آ گئی تھی۔

اگلے دن انہوں نے زیان کی امی کو سکول بلایا اور ان کو باتوں باتوں میں سمجھانے لگیں کہ ان کے بدلتے رویے کا ان کے بیٹے کی ذہنی صحت پر کتنا برا اثر پڑ رہا ہے انہیں اپنا رویہ بدلنا چاہیے اور اپنے بچے کو وقت اور توجہ دینی چاہیے، اپنے موبائل فوبیا پر قابو پانا چاہیے کیونکہ: **''ہر چیز کی زیادتی باعث زوال ہے''**

زیان کی امی ساری بات سمجھ گئی تھیں اور دل ہی دل میں بہت شرمندہ بھی ہوئی تھیں۔

انہوں نے دل میں عہد کر لیا تھا کہ وہ اپنے گھر اور بچوں کو اولین ترجیح دیں گی اور موبائل کو برائے ضرورت استعمال کریں گی۔ آج ماشاء اللہ سے زیان پانچویں جماعت کا طالب علم ہے اور پہلے جیسا نہایت با ادب، فرمانبردار اور لائق بچہ ہے۔

اس نے قابلیت سے اپنے والدین، اساتذہ اور سکول کا نام روشن کیا ہے سب اس سے بہت خوش ہیں وہ آج بھی ہر کسی کا ہر دلعزیز ہے۔ زیان کی ماما نے اپنی غلطی کو سدھار لیا لیکن کیا آپ تو وہی غلطی نہیں کر رہے؟ اگر آپ بھی غلطی پر ہیں تو جلد از جلد اس کو سدھار لیں کہیں ایسا نہ ہو کہ بہت دیر ہو جائے۔

جاگتی آنکھوں کے خواب

''عمر،عمر۔''

''یار کدھر کھو گئے ہو؟''

احمد کی آواز پر عمر چونک گیا۔

احمد کب سے عمر سے باتیں کر رہا تھا مگر وہ اپنی سوچوں میں مگن کسی اور ہی دنیا میں پہنچا ہوا تھا۔

''ایک تو مجھے تمھاری سمجھ نہیں آتی ،کب ،کدھر اور کیسے گم ہو جاتے ہو۔آخر مسئلہ کیا ہے آج بتا ہی دو۔''

احمد کب سے عمر کا کندھا ہلا کر اسے مستقبل سے حال میں لانے کی کوشش کر رہا تھا۔اب عمر سے شکایت کر رہا تھا۔

احمد تاسف بھری نظروں سے عمر کی جانب دیکھتا ہے۔

''ویسے اس بچے کو تم کافی دیر سے گھور رہے ہو،کوئی پریشانی ہے کیا؟''

احمد اپنے دوست عمر سے استفسار کرتا ہے۔

''یار! یہ بیچارہ بچہ چھوٹی سی عمر میں مزدوری کرنے پر مجبور ہے۔اس کی حالت تو دیکھو۔ بھلا یہ کوئی عمر ہے اس کی کام کرنے کی؟ اس عمر کے بچے تو مزے سے کھیلتے اور پڑھتے ہیں،روشن مستقبل کے خواب دیکھتے ہیں اور ایک یہ بیچارہ۔''

عمر اپنے جذبات بچے کے متعلق احمد کو آگاہ کرتا ہے۔

''افف! ایک تو میں بڑا تنگ ہو تمھاری اس انسانی ہمدری سے۔''

احمد بولتے ہوئے رکا اور پھر بولا۔

''اب کیا ساری دنیا کا ٹھیکہ تم نے لے رکھا ہے؟''

''تمھیں اس معصوم کا خیال نہیں آتا؟ تمھیں نہیں لگتا ہمیں اس کی مدد کرنی چاہیے۔''

عمر بڑے کرب سے بچے کو کوڑا چنتے دیکھ کر احمد سے سوال کرتا ہے۔

''او یار! اللہ کا واسطہ ہے تجھے، یہ میرے ہاتھوں کی طرف دیکھ۔ پتا نہیں کب تمھاری سوشل ورک سوچ ختم ہو گی؟''

احمد عمر کی باتوں پر بیزار ہو کر کہتا ہے۔

''یار اس میں غلط ہی کیا ہے؟''

عمر اپنا کمزور سا دفاع کرتے ہوئے بولتا ہے۔

''دیکھو عمر! برا نہ ماننا مگر تم مجھے اکیسویں صدی کے شیخ چلی لگتے ہو جو جاگتی آنکھوں سے خواب دیکھنے کی کوشش کر رہا ہے۔''

احمد نے اپنے ایک ہی جملے میں عمر کی سوچ اور جذبے کی دھجیاں اڑا کر رکھ دیں۔

''تم نہیں سمجھو گے۔''

اتنا سب کچھ سننے کے بعد بھی عمر کا حوصلہ پست نہیں ہوا تھا اس لئے اُس نے اپنی دل کی بات کہہ دی۔

''کیا تم جانتے ہو احمد، جاگتی آنکھوں سے صرف وہی لوگ خواب دیکھتے ہیں جن کا حوصلہ بلند ہو اور عزائم پختہ ہوں۔''

عمر نے ایک گہری بات کہی۔

''ہاہاہاہاہاہا! او جانے بھی دو۔ اب تم فلسفہ جھاڑنے مت بیٹھ جانا۔''

احمد نہایت ناگواری سے عمر کی بات کا مذاق اڑاتا ہے۔

''ویسے یہ ڈائیلاگ اچھا ہے، کون سی فلم کا ہے؟''

احمد نے حد ہی کر دی تھی وہ اب عمر کے جذبات کا جنازہ ہی نکالنے کے درپے تھا۔

''تمھیں محض یہ ایک خواب لگتا ہے دیوانے کا، مگر مت بھولو شاعر مشرق ڈاکٹر علامہ محمد اقبال نے بھی جاگتی آنکھوں سے مسلمانوں کے لیے ایک الگ وطن کا خواب دیکھا تھا، جس کو قائد اعظم محمد علی جناح نے شرمندہ تعبیر کیا تھا۔''

بقول اقبال:

افراد کے ہاتھوں میں ہے اقوام کی تقدیر
ہر فرد ہے ملت کے مقدر کا ستارہ

عمر کی بات پر احمد کو مجبوراً چپ ہونا پڑا۔ بات ہی ایسی تھی۔
عظیم ہستی کا ذکر تھا جن کا ہم پلہ کوئی نہ تھا۔

وقت اپنی رفتار سے بہتا گیا، یہاں تک کہ عمر پڑھ لکھ کر ایک قابل اور ہونہار شہری بن کر منظر عام پر آچکا تھا، اس نے اپنی جاگتی آنکھوں کے خوابوں کی تعبیر بھی پالی تھی۔ غریب، یتیم اور مسکین لوگوں کی رہائش، صحت اور تعلیم کے لیے ایک فلاحی ادارے کا قیام ممکن بنایا، عمر نے اپنے خوابوں کو سچ کر دکھایا تھا۔ اُس کے وہی دوست جو عمر کے اونچے روشن خوابوں کو بے مول سمجھ کر اسے بے وقعت کرتے تھے، اس کا مذاق بناتے تھے۔ آج وہی سب عمر کو قدر کی نگاہ سے دیکھتے ہیں۔

سچ ہے جو کھلی آنکھوں سے روشن اور اونچے خواب دیکھتے ہیں وہی کامیاب ٹھہرتے ہیں۔

بقول اقبال:

تو شاہین ہے پرواز ہے کام تیرا
ترے سامنے آسماں اور بھی ہیں

رنگین انڈوں کا جادو

انعام بہت شرارتی بچہ تھا۔ ہر وقت کسی نہ کسی شرارت میں مصروف رہتا تھا۔ گھر والے اس کی شرارتوں سے بہت تنگ تھے۔ سب اس کو سمجھا سمجھا کر تنگ آ گئے تھے مگر اس کے سر پر جوں تک نہ رینگتی تھی۔ انعام اپنی فضول سر گرمیوں کی وجہ سے پڑھائی میں بھی بس گزارے لائق تھا۔ اس کے ذہن میں ہر وقت کوئی نہ کوئی منصوبہ گردش میں رہتا تھا۔ وہ کہتے ہیں نا: **"خالی دماغ شیطان کا گھر ہوتا ہے۔"**

انعام کے ساتھ بھی بالکل ایسا ہی تھا۔ ایک دن انعام اپنی سوچوں میں مگن تھا کہ اس کی نظر اپنی پالتو مرغی پر پڑی۔ اس کے چہرے پر شیطانی ہنسی نمودار ہوئی۔ اس نے مرغی کا تعاقب کرنا شروع کیا۔

مرغی اپنی مست چال میں سوچوں میں گم اپنے گھر کی جانب رواں دواں تھی۔ وہ بیچاری آنے والے وقت سے بے خبر تھی۔ گھر کی پچھلی جانب ایک کمرہ تھا جہاں کاٹھ کباڑ پڑا تھا، ادھر ہی ایک طرف مرغی کا بستر لگایا گیا تھا۔ کمرے میں پانی والا برتن، کھڑکی، دادا جان کے زمانے کی کیتلی اور ایک طرف ٹوکری میں بھوسے کے اوپر چھ عدد انڈے پڑے تھے۔ انعام تو مرغی کو ستانے کی غرض سے اس طرف آ نکلا تھا لیکن انڈوں کو دیکھ کر اس کو مرغی بھول گئی تھی۔ اب وہ اپنے شیطانی دماغ میں انڈوں کے متعلق سوچنے لگا تھا۔ تب ہی اس کے دماغ میں ایک عجیب وغریب خیال وارد ہوا۔

انعام فوراً سے پیشتر گھر کی جانب بھاگا۔ اپنے کمرے میں آ کر اس نے ایک خاص قسم کا ڈبہ اٹھایا اور واپس اس ویران خانے کی طرف دوڑ لگا دی۔ اصل میں انعام کو بچپن سے ہی رنگ کرنے کا بہت شوق تھا۔ پہلے تو وہ اپنی کاپی کتابوں کو بھرتا تھا پھر اس نے دیواروں کو بھی رنگنا شروع کر دیا تھا۔ ابو جان کی ڈانٹ کی بدولت کچھ عرصے سے اس نے رنگوں والے ڈبے کو ہاتھ نہیں لگایا تھا لیکن آج دوبارہ وہ اپنا شوق پورا کرنا چاہتا تھا۔ انعام جب پچھلے کمرے میں گیا تو مرغی نے اسے دیکھ کر خوب شور مچایا۔

اب مجبوراً انعام کو مرغی صاحبہ کے باہر جانے کا انتظار کرنا تھا۔ دیوار کی اوٹ میں کافی دیر چھپے رہنے کے بعد بالآخر اس کو موقع مل گیا تھا۔ ادھر مرغی نے قدم باہر نکالے ادھر انعام نے رنگوں کو یکجا کیا اور سارے انڈوں کو رنگین

گولے بنا دیا اور رفو چکر ہو گیا۔انعام دل ہی دل میں بہت سرشار تھا لیکن لاشعوری طور پر اُس کو اس دن کا شدت سے انتظار تھا جب انڈوں میں سے چوزے نکلنے تھے۔مرغی جب واپس آئی تو انڈوں کو رنگین دیکھ کر بہت پریشان ہوئی اور خوب واویلا کیا لیکن بے چاری کی آہ وزاری سننے والا کوئی نہ تھا۔دن یوں ہی رفتہ رفتہ سرکتے گئے۔انعام روز چوری چھپکے مرغی سے نظر بچا کر انڈوں کی زیارت کر لیتا تھا۔اکیس روز کے صبر آزما دنوں کے بعد ایک ایک انڈے میں سے چوزہ نمودار ہوتا گیا۔

پانچ انڈوں میں سے چوزے نکل چکے تھے پھر بھی انعام کی امید بندھی ہوئی تھی۔اسے شدت سے آخری انڈے میں سے چوزے کے نکلنے کا انتظار تھا۔سب چوزے اپنے وقت مقررہ پر انڈے سے باہر آ چکے تھے جب کہ آخری چوزہ باہر آنے کا نام ہی نہ لے رہا تھا۔اب تو انعام کے صبر کا پیمانہ بھی لبریز ہو چکا تھا۔

اس سے پہلے کے انڈے کو توڑا جاتا ،تب ہی انڈہ کڑک دار آواز کے ساتھ چٹکا اور ننھا سا ایک چوزہ برآمد ہوا جو کہ رنگوں سے مزین تھا کسی اور ہی دنیا کی مخلوق معلوم ہوتا تھا۔انعام کا اندازہ درست ثابت ہوا تھا،واقعی رنگین انڈوں سے رنگ برنگا چوزہ ہی برآمد ہوا تھا۔انعام کی خوشی کا کوئی ٹھکانہ نا تھا۔جبکہ مرغی ششدر تھی وہ حیرت سے کبھی چوزے کو دیکھتی تو کبھی خود کو۔یہ اس کا چوزہ تو ہو ہی نہیں سکتا تھا۔مرغی کی اس حیرانگی کا انعام نے فائدہ اٹھاتے ہوئے دیوار کی اوٹ سے ہاتھ لمبا کر کے چوزے کو ہاتھ میں دبوچا اور یہ جا وہ جا۔مرغی کو جب ہوش آیا تو وہ ادھم مچایا کہ خدا کی پناہ۔کوئی اس کی دکھ بھری داستان کے احوال سے باخبر نہ تھا۔انعام نے چوزے کو اپنے کمرے میں رکھا اور اس کی خوب آؤ بھگت کی جیسے کوئی بڑی معتبر ہستی ہو۔انعام چوزے کو اپنے کمرے میں لے آیا اور اس کی خوب آؤ بھگت کرنے لگا، جیسے وہ کسی اور ہی دنیا کی مخلوق ہو۔انعام کے دل کو یہ چوزہ بھا گیا تھا۔انعام کو لگتا تھا اس چوزے کی تخلیق میں اس کا ہاتھ ہے۔ان دنوں انعام بہت خوش تھا،اس کے رنگین چوزے کی دھوم دور دور تک پھیل گئی تھی۔سب رشتے دار اور دوست احباب اس چوزے کے خواہشمند تھے لیکن انعام کسی قیمت پر اس چوزے کو خود سے الگ کرنے کا سوچ بھی نہیں سکتا تھا۔وقت یوں ہی گزرتا گیا۔

انعام اب بڑا ہو گیا تھا جب کہ چوزہ مکمل رنگین مرغی کی شکل اختیار کر گئی تھی۔اب انعام کے دل میں بھی لالچ سما گیا تھا،وہ اس رنگین مرغی سے بھرپور فائدہ اٹھانا چاہتا تھا۔تب ہی اس کو خیال آیا۔وہ اپنی رنگین مرغی کو میلہ مویشیاں لے گیا۔اب مرغی ملکی سطح پر مشہور ہو گئی تھی۔مرغی کی بدولت انعام کو بھی شہرت اور پذیرائی ملنی شروع ہو گئی تھی۔انعام ماضی کو پھر سے دہرانے کے درپے تھا۔وہ ایک بار پھر مرغی کے انڈوں سے رنگین چوزے

نکلوانے کا خواہاں تھا۔اس دفعہ انعام نے ان رنگین چوزوں کو مہنگے دام بیچنے کی منصوبہ بندی بھی کر رکھی تھی۔مرغی کی بدولت انعام ہواؤں میں اڑ رہا تھا۔اس کے پیر زمین پر ٹھہرتے ہی نہیں تھے۔انعام کی طبیعت میں لالچ سمو گیا تھا۔اسی لالچ کی بناء پر انعام نے ایک بار پھر انڈوں کو رنگ کیا۔انعام تو شدت سے دن گن رہا تھا۔اس کی بے چینی عروج پر تھی۔اس دفعہ انعام کے مقدر میں کیا تھا یہ تو قسمت ہی جانتی تھی۔انعام کا حال بالکل ایسا تھا جیسے **"بلی کو خواب میں چھچھڑے۔"**

وہ شیخ چلی کی عملی تفسیر بنا جاگتے میں مستقبل کے خواب دیکھ رہا تھا۔

بیس دن جیسے تیسے گزر گئے کل آخری اور حتمی دن تھا، گویا رزلٹ آنا ہو۔انعام کی خوشی عروج پر تھی۔خوشی کے مارے انعام کو رات میں نیند بھی نہیں آ رہی تھی۔جیسے تیسے رات گزری۔صبح ہوتے ہی انعام بھاگتا ہوا کمرے سے نکلا۔لیکن یہ کیا؟؟؟

مرغی کا ڈربہ خالی تھا۔نہ مرغی نہ چوزے۔کسی چیز کا کوئی نام ونشان نہ تھا۔

پہلے پہل تو انعام کو خود بھی سمجھ نہ آئی، اور جب آئی تو وہ شور مچایا کہ خدا کی پناہ۔

آج انعام بالکل اس مرغی کی طرح تڑپ رہا تھا اور اس کی فریاد سننے والا کوئی نہ تھا۔

صد افسوس انعام کی خوشی عارضی ثابت ہوئی تھی، راتوں رات کوئی چور مرغی بمعہ رنگین انڈوں کے اٹھا کر لے گیا تھا۔انعام کا رو رو کر برا حال تھا، مرغی تھی کہ اس کا کوئی نام ونشان تک باقی نہ تھا۔ایسا لگتا تھا **"آسمان کھا گیا یا زمین نگل گئی۔"** انعام کو آج وہ روتی شور مچاتی مرغی یاد آ رہی تھی۔

انعام کو اس کے لالچ کی سزا مل گئی تھی۔

رہنما

''ارے! یہ ہانیہ کو کیا ہوا ہے؟ کیوں منہ پھلائے بیٹھی ہے؟''

دادی اماں نے ہانیہ کا پھولا منہ دیکھ کر اس کی امی سے پوچھا۔

''پتا نہیں اماں جی! جب سے سکول سے آئی ہے ایسے ہی چپ چاپ بیٹھی ہے۔ نہ بولتی ہے نہ بتاتی ہے۔''

امی نے افسردگی سے جواب دیتے ہوئے کہا۔

''ارے پوچھو کہ آخر کیا بات ہے؟ اللہ خیر کرے ایسی کیا بات ہوگئی جو بچی بالکل ہی چپ کر گئی ہے؟؟؟''

پریشانی کے باعث دادی کے دل میں عجیب وغریب وسوسے جنم لے رہے تھے۔

''ارے او ہانیہ! ارے میری بچی ادھر آؤ۔''

دادی نے بڑے لاڈ سے ہانیہ کو اپنے پاس بلانے کی کوشش کی۔

دادی کی آواز پر ہانیہ نے ان کی طرف دیکھا لیکن جواب نہیں دیا اور اٹھ کر اندر کمرے میں چلی گئی۔

دادی اور امی ہانیہ کے اس رویے سے بہت پریشان تھیں۔

سب اپنی سی کوشش کر کے دیکھ چکے تھے مگر ہانیہ تو جیسے منہ پر قفل لگائے چپ کا روزہ رکھ کر بیٹھی تھی۔

شام کو ہانیہ کے ابو گھر آئے تو انہوں نے بھی ہانیہ کی خاموشی کو محسوس کیا تھا۔

ان کے استفسار پر امی اور دادی نے بتایا کہ کیسے وہ سارا دن ہانیہ سے بات کرنے کی کوشش کرتی رہیں لیکن وہی ڈھاک کے تین پات۔

سب کی پریشانی عروج پر تھی۔ ہانیہ بہت ہنس مکھ اور ملنسار بچی تھی۔ ایسے میں اس کی خاموشی سب کو کھٹک رہی تھی اور کسی بڑے طوفان کا الارم بجا رہی تھی۔ ہانیہ سب سے زیادہ اپنے ابو کی لاڈلی تھی۔ اس لیے انہوں نے ہی پہل کی اور ہانیہ کے کمرے کی طرف چل پڑے۔ ادھر امی اور دادی دعائیں مانگنے میں مشغول ہوگئی تھیں۔

''ہانیہ! ہانیہ! میری گڑیا کہاں چھپی بیٹھی ہے؟''

ہانیہ کے ابو اسے کمرے میں تلاش کرتے آوازیں دے رہے تھے۔

ہانیہ بیڈ کے ساتھ ٹیک لگائے فرش پر بیٹھی تھی۔

''ارے میری بچی ،ادھر کیوں چھپی بیٹھی ہو؟ میری گڑیا کو کیا ہوا ہے؟ کیا مجھ سے بھی ناراض ہو؟''

ابو کے لاڈ پر ہانیہ نے رونا شروع کر دیا۔

''ارے۔ارے۔کیا ہو گیا بیٹا؟ کیوں رو رہی ہو؟''

ہانیہ کے ایک دم رونے سے اس کے ابو کے تو اوسان ہی خطا ہو گئے تھے۔

''بیٹا! نہ رو۔ مجھے بتاؤ کیا بات ہے؟''

''کسی نے میرے بیٹے کو کچھ کہا ہے؟''

ابو کی بات پر ہانیہ نے روتے ہوئے اثبات میں سر ہلایا۔

''چلو بتاؤ مجھے کون ہے وہ؟ کس کی اتنی جرأت کہ میری چاندسی بیٹی کو کچھ کہے۔ میں ابھی اس کی کلاس لیتا ہوں۔''

ابو جان نے ہانیہ کی طرفداری کرتے ہوئے کہا۔

''ابو۔ابو۔وہ۔۔۔وہ میری ٹیچر ہیں۔''

ہانیہ کی بات پر پہلے تو اس کے ابو کو اپنی قوت گویائی پر شک ہوا پھر جب سمجھ آئی تو وہ شل رہ گئے۔

بے یقینی سے پھٹی نگاہوں سے ہانیہ کو دیکھتے انہوں نے زیرلب دہرایا ''ٹیچر''۔

ابو کی طرف سے حوصلہ ملتے ہی ہانیہ نے اپنے دل کا حال بیان کرنا شروع کر دیا۔

''ابو۔وہ میری ریاضی کی ٹیچر ہیں۔انہوں نے آج مجھے تھپڑ مارا اور ساری کلاس کے سامنے میری بے عزتی بھی کی اور تو اور ابو آپ کو پتا انہوں نے مجھے کلاس سے باہر بھی نکال دیا اور ہاتھ اوپر کروا دیے۔سب میرا مذاق اڑا رہے تھے۔''

ہانیہ کی بات سن کر اس کے ابو مشتعل ہو گئے۔

منہ لال ٹماٹر کی طرح سرخ ہو گیا تھا۔

''میں اب کبھی سکول نہیں جاؤ گی۔میری مس بہت بری ہیں۔مجھے نفرت ہو گئی ہے سکول سے اور پڑھائی سے۔میں اب دوبارہ وہاں نہیں جاؤں گی۔ مجھے نہیں پڑھنا ابو۔''

ہانیہ نے روتے ہوئے دہائی دیتے ہوئے اپنا فیصلہ سنایا۔

ہانیہ کی باتیں سن کر اس کے ابو پریشان ہو گئے تھے لیکن تھوڑی دیر میں ہی معاملے کی تہہ تک پہنچ گئے تھے، جب ان کو اصل بات کی سمجھ آئی تو ان کی ہنسی نکلنے کو تھی جس کو انہوں نے بڑی مشکل سے روکا تھا۔ ہانیہ اپنی ہی رو میں بولتی چلی جا رہی تھی۔

ہانیہ کے ابو بات کو سمجھ گئے تھے، ان کو اپنی بیٹی کی منفی سوچ پریشان کر رہی تھی۔

''بیٹا! آپ مجھے ایک بات بتاؤ۔''

ابو نے ہانیہ سے کہا۔

''جی ابو۔ بولیں۔''

ہانیہ نے جواب دیا۔

''کیا آپ کو معلوم ہے کہ آپ کی ٹیچر نے آپ کو کیوں مارا؟ سب کے سامنے آپ کی بے عزتی کیوں کی؟ کلاس سے باہر کیوں نکالا؟''

ابو کی بات پر ہانیہ ہکا بکا رہ گئی تھی۔ اس کا خیال تھا کہ ابو اس کی ہاں میں ہاں ملائیں گے، اس کے دکھ کو سمجھیں گے لیکن یہاں پر تو الٹی گنگا بہہ رہی تھی۔ ہانیہ کے پاس جواب نہیں تھا اس لیے وہ خاموش رہی۔

''میں بتاتا ہوں آپ کو اصل وجہ۔ آپ نے ضرور سبق یاد نہیں کیا ہو گا یا پھر ٹیسٹ اچھا نہیں دیا ہو گا؟''

اب کی بار تو ہانیہ کی حیرت کے باعث آنکھیں ہی باہر کو ابل پڑی تھیں۔

اس کے تو وہم و گمان میں بھی نہیں تھا کہ ابو کو اصل بات معلوم ہو جائے گی اور اس کی چوری پکڑی جائے گی۔

ابو نے تفصیل سے اُس کے مسئلے کو اس کے سامنے بیان کر دیا تھا۔

''جی ابو! ایسا ہی ہے۔''

ہانیہ نے آہستہ آواز میں سر جھکائے شرمندگی سے ابو کو جواب دیا۔

''پچھلے کچھ عرصے سے آپ کی ریاضی میں دلچسپی نہ ہونے کے برابر ہے۔ آپ کی ٹیچر نے کتنی بار آپ کی کاپی پر نوٹ لکھ کر بھیجا ہے لیکن آپ پر کوئی اثر نہیں ہوا۔ نہ پیار کا نہ مار کا، آپ کے سر پر جوں تک نہ رینگی ایسے میں وہ اور کیا کرتی؟''

ہانیہ کے ابو نے پیار سے خفگی کا اظہار کرتے ہوئے سمجھانے کی کوشش کی۔

ہانیہ نے سر شرمندگی سے جھکا لیا تھا۔

اس کا خیال تھا نوٹ چھپانے سے کسی کو پتا نہیں چلے گا مگر یہ اس کی سنگین غلطی تھی۔ ماں باپ کی اولاد پر گہری نظریں ہوتی ہیں، اگر وہ بولتے نہیں تو اس کا یہ مطلب نہیں کہ وہ کچھ جانتے ہی نہیں ہیں۔

''اگر تمھاری ٹیچر کی جگہ پر میں ہوتا تو اس سے کہیں زیادہ برا کرتا، تمھیں مرغا بنا کر سارے سکول میں گھماتا اور پرنسپل صاحب کے پاس بھی لے کر جاتا۔''

ابو نے ہانیہ کو مزید ڈرایا۔

ہانیہ کا اگر خیال تھا کہ ابو اس کا دکھ میں ساتھ دیں گے تو وہ غلط ثابت ہوئی تھی۔

آج سے پہلے ہانیہ نے ابو کا صرف لاڈ پیار ہی دیکھا تھا۔

یہ روپ اس کے لیے بالکل نیا تھا۔

''بیٹا! آپ کو اپنی ٹیچر کو موردالزام ٹھہرانے کی بجائے اپنا محاسبہ کرنا چاہیے۔ غلطی آپ کی اپنی ہے۔ آپ نے اپنی ٹیچر کو اس حد تک مجبور کیا ہے کہ وہ آپ کو ماریں اور بے عزتی کریں۔ اس میں سارا قصور آپ کا اپنا ہے۔ آپ کے استاد نے آپ کے ساتھ یہ رویہ اس لئے کیا تاکہ آپ کو سمجھ آسکے اور آپ اپنی ذمہ داری کا احساس کریں کہ استاد کی سختی بھی بہتری کے لئے ہی ہوتی ہے، ہمیں احساس کرنا چاہیے۔''

ہانیہ کو اچھا نہیں لگا تھا پھر بھی وہ ابو کا یوں ٹیچر کی سائیڈ لینے پر خاموش رہی تھی۔

''میرے بچے! ہمیشہ ایک بات ذہن نشین کرلو کہ استاد ہمارا دشمن نہیں ہوتا وہ ہمارا خیر خواہ ہوتا ہے، رہنما ہوتا ہے۔ یہ اندھیرے میں روشنی کی شمع جلانے کا کام کرتا ہے۔ اس کی ذمہ داری ہے کہ ہمیں سیدھی راہ دکھائے۔ اگر کبھی وہ ڈانٹ دے یا مارے تو یہ ہماری بھلائی کے لیے ہے۔ ان کی بات کا غصہ نہیں کرتے ہیں اور نہ ناراض ہوتے ہیں بلکہ اپنی غلطی کا محاسبہ کرتے ہوئے اس کی اصلاح کرتے ہیں۔''

ہانیہ بڑے غور سے ابو کی باتیں سن رہی تھی۔

''آپ ہمیشہ یہ بات یاد رکھنا کہ ماں باپ کے بعد استاد کو یہ درجہ حاصل ہے کہ وہ بچے کی اچھی تعلیم وتربیت کرے، اسی وجہ سے استاد کو روحانی باپ کا درجہ دیا گیا ہے۔ ویسے بھی یہ پیغمبرانہ پیشہ ہے۔ ہمارے پیارے نبی حضرت محمد ﷺ بھی ''معلم'' تھے۔ اس نسبت سے یہ ہستی مزید قابل احترام ہے۔''

ہانیہ کے ابو نے پیار سے اپنی بیٹی کو سمجھاتے ہوئے اس کی منفی سوچ کو مثبت میں بدلنے کی سعی کی تھی۔

ہانیہ ان کی اکلوتی اور لاڈلی بیٹی تھی لیکن اس بات پر وہ اس کی ہاں میں ہاں نہیں ملا سکتے تھے۔ یہ معاملہ بہت ہی

گھمبیر تھا جس کو انہوں نے احسن طریقے سے حل کیا تھا۔ ہانیہ کا چہرہ اب پر سکون تھا، اس کی سوچ کو اب نیا پہلو مل گیا تھا، اپنی بیٹی کو مطمئن دیکھ کر ابو بھی پر سکون ہو گئے تھے۔

''چلو اٹھو۔ کمرے سے باہر نکلو۔ سب میں گھل مل کر بیٹھو۔''

ابو نے کمرے سے باہر جاتے ہوئے ہانیہ کو کہا۔

ہانیہ بھی ابو کے نقش قدم پر چلتے ہوئے باہر آ گئی تھی، وہ اپنے رویے پر نادم تھی لیکن امی اور دادی نے اس کا جس قدر والہانہ استقبال کیا تھا وہ خوشی سے جھوم اٹھی تھی۔

ہانیہ کی سوچ تو اس کے ابو کی وجہ سے تبدیل ہو گئی لیکن کیا آپ کی سوچ بھی بدلی ہے؟؟

فری کا گولڈی

گرمیوں کی چھٹیاں کیا ہوئیں فری نے بقر عید کے لیے بکرے کی ضد شروع کر دی۔

''بیٹا! ابھی عید میں ایک سے ڈیڑھ ہفتہ باقی ہے۔''

امی نے فری کو سمجھاتے ہوئے کہا۔

''امی ایک ہفتے کا تو پتا بھی نہیں چلنا، آپ ابو سے کہیں اور مجھے میرا بکرا لے کر دیں۔''

فری اپنی ضد پر قائم تھی۔

''اچھا بھئی! شام کو ابو آئیں گے تو خود ہی کہہ دینا۔''

امی نے فری کی ضد کے آگے ہار مانتے ہوئے کہا۔

صبح سے شام تک کا وقت فری نے جلے پیر کی بلی کی مانند سارے گھر میں چکر کاٹتے ہوئے گزار دیا۔

شام کو ابو کے گھر آتے ساتھ ہی فری نے اپنی فرمائش داغ ڈالی۔

''ابو! مجھے بکرا لینا ہے۔''

نہایت معصوم چہرہ بنائے اور عاجزانہ رویہ اپنائے فری نے اپنی خواہش کا اظہار ابو کے سامنے بلا آخر کر ہی دیا۔

''ہاں بیٹا! ان شاءاللہ عید سے چند دن قبل لیں گے۔'' ابو نے حامی بھرتے ہوئے کہا۔

''لیکن ابو مجھے ابھی لینا ہے۔'' فری نے منہ بسورتے ہوئے کہا۔

ابو نے بے چارگی سے امی کی جانب مدد طلب نگاہوں سے دیکھا تو وہ بھی فری کی ضد کے آگے خاموشی اختیار کر گئیں۔ ایسی صورتحال میں چار و ناچار فری کی فرمائش پوری کرنے کے علاوہ اور کوئی چارہ نظر نہیں آ رہا تھا۔

''بیٹا! گرمی بہت ہے۔'' ابو نے تاویل دینی چاہی۔

''کوئی بات نہیں ابو، میں اسے کولر والے کمرے میں رکھوں گی۔'' فری نے جھٹ سے جواب دیا۔

''بکرے کو سنبھالے گا کون؟ اس کی صفائی ستھرائی کا بھی خاص خیال رکھنا پڑتا ہے۔''

ابو نے ایک بار پھر ٹالنے کی کوشش کی۔

''ابو آپ فکر نہ کریں، میں سنبھال لوں گی بکرے کو اور اس کی صفائی کا بھی خاص خیال رکھوں گی۔''

فری نے فوری طور پر اس کا حل بتا ڈالا۔

اگلے دن چارو ناچار ابو اپنی لاڈلی کی فرمائش پر سفید رنگ کا بکرا لے آئے۔

بکرا کیا آیا گھر میں خوشی کی لہر دوڑ گئی۔

فری پورے گھر میں چہچہاتی ہوئی گھوم رہی تھی۔

وعدے کے عین مطابق فری نے بکرے کو کولر والے کمرے میں رکھا تھا اور سارا دن اس کی ناز برداریوں میں صرف کرتی تھی۔ وقت پر لگا کر اڑتا گیا اور عید کے دن قریب آتے گئے۔ آس پڑوس کے سب ہی گھروں میں قربانی کے جانور آ چکے تھے۔

شام کو سب اپنے جانوروں کو گھروں سے باہر لاتے اور سیر کرواتے تھے۔ فری بڑے ناز سے اپنے ''گولڈی'' بکرے کو شام کی سیر کروانے ابو کے ساتھ جاتی تھی۔ راستے میں وہ تمام جانوروں کو حقارت کی نگاہ سے دیکھتی اور ان میں نقص نکالتی رہتی تھی۔ ابو کو فری کی یہ حرکت ایک آنکھ نہ بھاتی تھی لیکن وہ بچی سمجھ کر ہمیشہ درگزر کر دیتے تھے۔

''یہ کتنا بدصورت جانور ہے۔ اسے راستے سے ہٹاؤ۔ یہ میرے گولڈی کی جگہ ہے یہاں پر صرف وہی بیٹھے گا۔''

آج شام ابو اور گولڈی کے ہمراہ فری جب سیر پر نکلی تو اپنی مخصوص جگہ پر ایک کالے بکرے کو دیکھ کر اس کا منہ بن گیا۔ اس نے بکرے اور اس کے ساتھ آئے لڑکے کو خوب سنائیں۔

''بیٹا یہ کیا حرکت تھی؟'' ابو نے افسردگی سے فری سے پوچھا۔

''ابو آپ نے دیکھا وہ منحوس بکرا میرے گولڈی کی جگہ پر کھڑا تھا۔ اس کا کوئی جوڑ نہیں میرے بکرے کے ساتھ۔ وہ اس قدر کالا اور بدصورت تھا کہ میرا تو اس کو دیکھ کر ہی دل خراب ہونے لگا تھا۔''

فری بولنے پر آئی تو پھر بولتی ہی چلی گئی۔ وہ اس بات سے بے خبر تھی کہ وہ کیا اول فول بکے جا رہی ہے۔

''نہایت افسوس کی بات ہے بیٹا! میں تو آپ کو بہت سمجھدار سمجھتا تھا لیکن آپ نے تو بے عقلی کی حد ہی کر دی ہے۔'' ابو نے افسردگی سے افسوس کرتے ہوئے فری کو سرزنش کیا۔

''کک۔ کیا ہوا ہے ابو؟'' ابو کے بگڑے تیور اور انداز سے فری گھبرا گئی تھی۔

''بیٹا سب سے پہلی بات یہ کہ کوئی بھی رنگ اچھا یا برا نہیں ہوتا، چاہے وہ سفید رنگ ہو یا پھر کالا۔ یہ رنگ اللہ نے بس پہچان کے لیے بنائے ہیں وگرنہ سب آپس میں برابر ہیں۔ دوسری بات یہ کہ قربانی کا جانور بدصورت اور برا کیسے ہوسکتا ہے بیٹا؟ اس جانور نے تو اللہ کی راہ میں قربان ہونا ہے تو پھر جو چیز اللہ کے راستے میں قربان کی جائے وہ بری کیسے ہوسکتی ہے؟''

ابو نے فری کو پیار سے سمجھاتے ہوئے تمام بات کھول کر اس کے گوش گزار کر دی۔

''جی ابو! آپ ٹھیک کہہ رہے ہیں۔'' فری نے شرمندگی کے باعث سر کو جھکاتے ہوئے کہا۔

''بیٹا! میری ایک بات ہمیشہ یاد رکھنا۔ انسان ہو یا جانور کبھی بھی کسی کو حقیر سمجھ کر اس کی تذلیل مت کرنا۔ کیا پتا وہ اللہ کی نگاہ میں کس قدر اہمیت رکھتا ہو اور خاص کر قربانی کے جانور میں کبھی بھی بلا عذر نقص نکالنا اور نام بگاڑنا اچھی بات نہیں ہے۔ یہ اللہ کے مہمان ہیں، ان کا خاص خیال رکھا جاتا ہے اور انہیں عزت و تکریم کے ساتھ رکھا جاتا ہے۔ میں امید کرتا ہوں کہ میری پیاری بیٹی بات کو سمجھ گئی ہوگی۔''

ابو نے فری کو پیار کرتے ہوئے پوچھا۔

''جی ابو جان! میں سمجھ گئی ہوں اور میں وعدہ کرتی ہوں کہ آئندہ کسی قربانی کے جانور کا نام نہیں بگاڑوں گی اور نہ ہی اس میں عیب تلاش کروں گی بلکہ سب جانوروں سے یکساں اور عزت والا معاملہ اختیار کروں گی۔''

فری نے اپنی غلطی کو مان کر فرمانبردار بچوں کی طرح آئندہ کے لئے توبہ کر لی تھی۔

فری کی بات سن کر ابو جان بھی مسکرا اٹھے تھے۔

شرارت کی سزا

''مجھے کچھ نہیں پتا۔بس آج۔ابھی اور اسی وقت۔'' فاطمہ نے ضد کرتے ہوئے کہا۔
''اچھا بابا۔آج پکا۔'' علی نے جواباً کہا۔
''نہیں، مجھے آپ کی بات پر یقین نہیں ہے۔آپ روز ایسے ہی کہتے ہیں۔''
فاطمہ نے خفگی سے منہ بسورتے ہوئے کہا۔
''میری پیاری گڑیا۔آج پکا۔'' علی نے فاطمہ کے سر پر ہاتھ پھیرتے ہوئے کہا۔
چلیں۔دیکھتے ہیں۔''
فاطمہ نے خوش ہوتے ہوئے سر ہلا دیا۔
فاطمہ اپنے بھائی علی سے مسلسل ضد کر رہی تھی۔
پچھلے کچھ دنوں سے فاطمہ کے سر پر بکرے کا بھوت سوار تھا۔
اس کی وجہ اُس کی سہیلیاں تھیں جو روز سیلفیاں بنا کر فاطمہ کو بھیجتی تھیں۔
اب فاطمہ کے صبر کا پیمانہ لبریز ہو گیا تھا، وہ اب مزید انتظار نہیں کر سکتی تھی۔
آخر آج چاند رات تھی اس سے زیادہ اور کتنا انتظار کیا جا سکتا تھا؟
باہر ہلکی ہلکی بوندا باندی نے رنگ جمانا شروع کر دیا تھا۔
دوسری طرف فاطمہ کی ضد آسمان کو چھو رہی تھی۔
علی بیچارہ درمیان میں چکی کی طرح پس کر رہ گیا تھا۔
موسم کے بدلتے تیور کے باوجود علی چارو ناچار بکرا منڈی چلا گیا تھا۔جلد از جلد اچھا جانور ملنے کی کوشش میں علی کو کالے رنگ کا ایک بکرا پسند آ گیا تھا جس کے دام بھی مناسب تھے۔
علی نے جلدی سے سودا طے کیا اور بکرے کو اپنے ہمراہ لیے گھر آ گیا۔بکرے کے گھر آتے ہی فاطمہ کو یوں محسوس ہو رہا تھا جیسے چمن میں بہار آ گئی ہو۔ہر سو پھول کھل اٹھے ہو۔

فاطمہ پھولے نہ سمارہی تھی۔

بکرے کی خوب آؤ بھگت کی گئی۔فاطمہ کو بکرے بہت پسند تھے۔وہ بکرے کے ساتھ چھیڑ چھاڑ کر رہی تھی۔کبھی لاڈ کرتی تو کبھی تنگ کرتی۔کبھی اس کا چارہ اس سے دور کرتی تو کبھی اسے اوپر اٹھواتی۔فاطمہ کو یہ سب کرتے ہوئے بہت مزہ آرہا تھا۔تب ہی فاطمہ نے چارہ اوپر کرتے بکرے کو تنگ کیا،ادھر بکرا اپنی دونوں ٹانگوں پر کھڑا ہوا اور اسی اثنا میں دیکھتے ہی دیکھتے فاطمہ کا ہاتھ پیچھے ہٹا اور بکرے کا پاؤں سیدھا فاطمہ کے پیٹ میں تلوار کی مانند گھس گیا۔فاطمہ تو ایک جھٹکے سے دور جا گری۔

ایک زوردار دھماکے کی آواز کے ساتھ فاطمہ کی چیخ سنائی دی۔اس افتاد پر گھر والے بھاگم بھاگ دوڑے چلے آئے۔فاطمہ کو اس حالت میں دیکھ کر ان کے اوسان خطا ہو گئے تھے۔

زمین پر پیٹ پکڑے کراہتی ہوئی فاطمہ کی صدائیں بلند ہو رہی تھیں۔

''ہائے،ہائے امی۔امی ی ی جی۔''

پہلے پہل تو کسی کو کچھ سمجھ نہ آئی اور جب آئی تو خوب بھگدڑ مچ گئی کہ خدا کی پناہ۔

سب فاطمہ کی طرف دوڑے۔

یوں ایک ہنستے بستے گھر میں چاندرات کو ایسا طوفان برپا ہوا کہ اللہ کی پناہ۔

اب فاطمہ بستر پر پڑی آنکھوں میں موٹے موٹے آنسو لیے اپنی چاندرات کے غارت ہو جانے کا سوگ منا رہی ہے اور دل ہی دل میں پچھتا رہی تھی کہ اے کاش میں نے بکرے کو تنگ نہ کیا ہوتا تو یہ وقت نہ دیکھنا پڑتا،جبکہ علی اس کی حالت سے لطف اندوز ہو رہا تھا۔

کیا آپ بھی اپنے بکرے کو ایسے ہی تنگ کرتے ہیں؟اگر کرتے ہیں تو بچ کے رہیں کہیں آپ کے بکرے کو غصہ نہ آجائے اور آپ بھی فاطمہ کی طرح بستر پر نہ پڑ جائیں۔

تیری عظمت کو سلام

''ارے، میرا چشمہ کہاں گیا؟ ادھر ہی تو رکھا تھا۔''

دادی پریشانی کے عالم میں ادھر ادھر اپنا چشمہ تلاش کر رہی تھی۔ جب کہ احمد پاس کھڑا کھسیانی ہنسی ہنس رہا تھا۔

''آہہہہہہہ!''

احمد کی کراہنے کی آواز سن کر دادی بھی اس جانب متوجہ ہوگئی۔

احمد کا کان اس کی بڑی بہن ایمن کے ہاتھ میں مضبوطی سے جکڑا تھا اور احمد درد کے مارے کراہ رہا تھا۔

''کتنی بار تمھیں منع کیا ہے بڑوں کو بلا وجہ پریشان نہیں کرتے اور نہ فضول حرکتیں کرتے ہیں۔''

ایمن کی بات پر احمد نے ناک منہ چڑھالیا اور اپنی راہ لی۔

****

''ٹھاہ!''

پوری جماعت میں ٹھاہ کی پرزور آواز گونج کر رہ گئی۔

سب اس جانب متوجہ ہوئے تو دیکھتے ہی رہ گئے۔

عمر اپنی کرسی سمیت فرش پر پڑا ہائے ہائے کر رہا تھا جبکہ احمد پاس کھڑا ابتیسی نکال کر ہنس رہا تھا۔

****

احمد بہت شرارتی تھا ہر وقت کسی نہ کسی شرارت میں مشغول رہتا تھا۔ سب اس سے تنگ تھے، مگر یہاں پرواہ کس کو تھی؟

ہر وقت اس کے ذرخیز دماغ میں کوئی نہ کوئی شرارت منڈلاتی رہتی تھی۔ ویسے بھی کہا جاتا ہے:

''خالی دماغ شیطان کا گھر ہوتا ہے''

سب بچے جلدی جلدی رٹا لگا کر سبق یاد کر رہے تھے۔

آج ریاضی کا ٹیسٹ تھا اور اوپر سے سونے پر سہاگا کہ ریاضی کے استاد سر علی بہت سخت تھے۔ سارے بچے ان

کے رعب کے زیر سایہ پڑھتے تھے۔

احمد کو ریاضی سے کوئی خاص شغف نہ تھا اور سر علی تو ویسے بھی اسے ایک آنکھ نہ بھاتے تھے۔

ابھی سر علی کلاس میں نہیں آئے تھے اور احمد کا دماغ تانے بانے بننے میں مصروف تھا۔

احمد کے ذہن میں ایک شرارت سوجھی، اس نے سب سے نظر بچا کر سر کی کرسی پر دوات گرادی۔

کرسی کا رنگ چونکہ گہرا تھا اس لیے بآسانی دیکھا نہیں جا سکتا تھا۔

سر علی آ چکے تھے اور بچے ٹیسٹ میں مصروف تھے، اسی دوران وہ آئے اور کرسی پر بیٹھے۔۔۔

لیکن یہ کیا؟؟؟؟؟

سر کو بیٹھتے ساتھ ہی معاملے کی سنگینی کا اندازہ ہو گیا تھا، کوئی پتلی لیکن گاڑھی چیز ان کے کپڑوں کے ساتھ چپک کر رہ گئی تھی۔ سارے کپڑے اور ہاتھ سیاہی سے لبا لب بھر گئے تھے۔

سر علی کا منہ غصے سے لال ہو گیا تھا، غصے کی حالت میں ان کے منہ سے جھاگ نکل رہی تھی۔

بچے اپنی جگہ دنگ تھے کہ آخر یہ ہوا کیا ہے؟

کس کی اتنی جرأت کہ ایسی حرکت کرے؟

احمد بظاہر پریشان لیکن دل میں مطمئن اور سرشار تھا۔

''ہاہاہاہاہاہا!''

''ارے میرا شہزادہ بیٹا کیوں مسکرا رہا ہے؟''

پھوپھو احمد کو مسلسل مسکراتا دیکھ کر پوچھے بغیر نہ رہ سکی۔

احمد اپنی پھوپھو کا لاڈلا تھا، اسی وجہ سے وہ اپنی دل کی ہر بات بآسانی ان سے کر لیتا تھا۔

''پھوپھو آپ کو پتا ہے، آج سکول میں کیا ہوا؟''

احمد کی خوشی اس کے انگ انگ سے عیاں تھی۔

''ارے، اب ایسا بھی کیا ہو گیا جو تم اتنے خوش ہو؟''

پھوپھو نے اشتیاق سے پوچھا۔

''میں نے آج سر کی کرسی پر دوات پھینک دی تھی۔ ہاہاہا۔''

''آپ کو پتا ان کے سارے کپڑے خراب ہو گئے تھے۔ ہی ہی ہی۔''

''پھوپھو پتا آپ کو ان کا چہرہ دیکھنے والا تھا۔ کھی کھی کھی۔''

پھوپھو کا سنجیدہ چہرہ دیکھ کر احمد بولتے بولتے چپ ہو گیا۔

''کیا ہوا پھوپھو؟ آپ کو مزا نہیں آیا؟''

احمد مجھے تم سے یہ امید نہ تھی۔

''آہ ہ ہ ہ! آپ نے ایسا کیوں کہا پھوپھو؟''

پھوپھو کے رویے سے احمد پریشان ہو گیا تھا۔

''کیا تم جانتے نہیں ہو کہ استاد کا مقام کیا ہے؟''

احمد کے بولنے سے پہلے ہی پھوپھو نے اپنی بات کو جاری رکھا۔

''ماں کی گود پہلی درسگاہ ہوتی ہے، اس کے بعد استاد کو روحانی باپ کا درجہ حاصل ہے۔ یہ پیغمبرانہ پیشہ ہے، جو بھی اس سے منسلک ہوتا ہے وہ باعث احترام ہوتا ہے۔ بیٹا آپ کو اپنے استاد کے ساتھ ایسی نازیبا حرکت نہیں کرنی چاہیے تھی۔''

پھوپھو کے سمجھانے پر احمد تھوڑا سا شرمندہ ہو گیا۔

''لیکن پھوپھو۔ وہ بہت سخت ہیں۔ ڈانٹتے بھی ہیں اور مارتے بھی۔''

احمد نے منہ بسورتے ہوئے اپنے استاد کی شکایت کی۔

''بیٹا! ان کی مار اور ڈانٹ آپ کے بہتر اور روشن مستقبل کے لیے کارآمد ہے۔ اسی میں آپ کی بھلائی ہے۔ کیا آپ جانتے ہو؟ جو لوگ اپنے استاد کا احترام نہیں کرتے وہ کبھی زندگی میں کامیاب نہیں ہوتے۔ اسی لیے تو استاد کی کرسی پر بیٹھنے سے بچے فیل ہوتے ہیں۔''

پھوپھو کی بات پر احمد ایک دم سے چونک گیا۔

اس کی نظروں کے سامنے اس کے ہم جماعت رضا کا چہرہ گردش کرنے لگا، وہ امتحان میں فیل ہو گیا تھا اور سب کو علی الاعلان بتاتا تھا کہ وہ استاد کی کرسی پر بیٹھا تھا اس لیے فیل ہو گیا۔

اب تو سہی معنوں میں احمد کے طوطے اڑ گئے تھے۔

وہ پسینے میں شرابور ہو گیا تھا۔

پھوپھو نے کچھ توقف کے بعد اپنی بات جاری رکھی۔

''ہمیشہ استاد کی عزت کرو۔ اگر زندگی میں آسانی اور خوشحالی چاہتے ہو تو استاد کی عزت کرو، ان کی متعین کردہ راہ پر چلتے جاؤ۔ ان شاءاللہ کامیابی تمھارے قدم چومے گی۔''

پھوپھو نے احمد کو سہی راستے دکھاتے ہوئے کامیابی کا راز بھی بتا دیا۔

احمد دل ہی دل میں پکا عہد کر چکا تھا کہ اب وہ کبھی اپنے اساتذہ کو تنگ نہیں کرے گا۔ ہمیشہ ان کی عزت کرے گا۔

اصل نیکی

''اہل محلّہ۔۔۔ایک ضروری اعلان سماعت فرمائیں۔ملک بھر میں سیلاب سے متاثرہ افراد کے لیے جامع مسجد میں اشیاءِ ضرورت اور فنڈز اکٹھے کیے جا رہے ہیں۔اس کارِ خیر میں شمولیت اختیار کریں اور دنیا و آخرت میں فلاح پائیں۔شکریہ!''

علاقے کی مسجد کے سپیکر میں اعلان ہو رہا تھا۔

''یہ کس چیز کا اعلان تھا؟''

آٹھ سالہ دانیال نے پوچھا۔

''بیٹا! سیلاب کی وجہ سے بے پناہ تباہی رونما ہوئی ہے اور لاکھوں افراد اپنے گھر، زمین اور مویشی سے ہاتھ دھو بیٹھے ہیں۔انہی کی مدد کے لیے چیزیں اکٹھی کی جا رہی ہیں۔''

ابو جان نے تفصیل سے بتایا۔

''کس قسم کی چیزیں؟''

چھوٹے عمار نے الجھتے ہوئے پوچھا۔

''مسجد کا ایک چکر لگا کر آتے ہیں۔''

ابو نے دانیال اور عمار کو پکڑا اور مسجد کی جانب بڑھ گئے۔

ہر طرف افراتفری کا سماں تھا۔

لوگ ایک دوسرے کے اوپر چڑھ رہے تھے۔

ہر کوئی ایک دوسرے پر سبقت لے جانے کے لیے تیار تھا۔

بعض لوگ تو دکھاوا بھی کر رہے تھے۔

''یہ کتنی بری بات ہے، ایسے سب کو دکھا کر دینے اور شیخی مارنے کا کیا فائدہ؟''

ابو نے یہ مناظر دیکھتے ہوئے مایوسی سے کہا۔

جامع مسجد کا جنازہ گاہ اشیائے ضرورت سے بھرا پڑا تھا۔

انتظامیہ کو سر کھجانے کی فرصت نہ تھی۔

''چلو گھر چلتے ہیں اور ہم بھی اپنے گھر کا اضافی سامان لے کر آتے ہیں۔''

ابو نے دانیال اور عمار کی انگلی پکڑی اور واپس گھر لوٹ آئے۔

گھر آ کر سب نے اپنے استعمال سے زائد چیزوں کا ڈھیر جمع کیا۔

''ابو چلیں؟''

سامان باندھ کر دانیال اور عمار نے اشتیاق سے کہا۔

''نہیں بیٹا! ابھی نہیں، ہم شام کو چلیں گے۔''

ابو نے شام کو جانے کا ارادہ بتایا۔

''شام کو کیوں؟ سامان تیار تو ہے ابھی چلتے ہیں۔''

دانیال نے الجھتے ہوئے کہا۔

''بیٹا! میں چاہتا ہوں کہ مزید کچھ چیزیں بازار سے خرید کر ان میں شامل کر دوں۔ ابھی رش ہے، دکھاوا بھی ہو رہا ہے۔ ہم شام کو جائیں گے تاکہ کسی کو معلوم نہ ہو کہ ہم نے کیا دیا ہے۔''

ابو نے اپنے خیالات کا اظہار کرتے ہوئے کہا۔

''کسی کو معلوم نہ ہو؟ کیا مطلب؟''

آٹھ سالہ دانیال اس بات کو سمجھنے سے قاصر تھا۔

''بیٹا! جب اللہ کی راہ میں اس کے بندوں پر خرچ کرتے ہیں تو پھر سب کو بتا کر یا دکھا کر نہیں بلکہ خاموشی سے کرنا چاہیے بالکل ایسے کہ ایک ہاتھ سے دینے پر دوسرے ہاتھ کو معلوم بھی نہ ہو۔''

ابو جان نے اصل وجہ کے بارے میں بتلایا۔

''اوہ! تو یہ بات ہے۔''

عمار نے چونکتے ہوئے کہا۔

''ہاں بیٹا! مجبوری کے تحت جن لوگوں کو ہاتھ پھیلانا پڑتا ہے ان کی بھی عزت نفس ہوتی ہے جو کہ مجروح نہیں ہونی چاہیے۔''

ابو جان نے اللہ کے بتائے ہوئے احکام کے متعلق فرمایا۔

”میں سمجھ گیا۔ ہم رات کو ہی اب یہ چیزیں مسجد تک پہنچائیں گے۔“

دانیال اور عمار نے بات کو سمجھتے ہوئے خوش دلی سے یک زبان ہو کہا۔

رات کے گھپ اندھیرے میں دانیال، عمار اور اس کے ابو نے سارا سامان خاموشی سے مسجد میں پہنچا دیا تھا۔ اس سارے عمل کی کسی کو بھی کانوں کان خبر نہیں ہوئی تھی۔

انہوں نے صحیح معنوں میں نیکی سرانجام دی تھی کہ دوسرے ہاتھ کو کانوں کان خبر بھی نہیں ہونے پائی تھی۔ درحقیقت یہی تو اصل نیکی اور اس کا مفہوم ہے۔

اقبال کے شاہین

سکول میں ہر سو افراتفری کا عالم تھا۔

سب مگن و مسرور تھے۔

سب کے طویل انتظار کے بعد وہ گھڑی آنے کو تھی۔

پورے سال کے بعد سکول میں سپورٹس گالا کا انعقاد کیا جا رہا تھا۔

سب طلباء اس موقع پر بے تحاشا خوش تھے۔

سب نے بڑھ چڑھ کر حصہ بھی لیا تھا۔

آٹھویں جماعت کے طلباء چونکہ سینئر تھے اس لئے ان کے حصے میں زیادہ ذمہ داری تھی۔

محسن اور احمد کو سپورٹس ٹیچر نے بہت سی ذمے داریاں دے رکھی تھیں۔ کاموں میں الجھتے، موج مستی کرتے بچے شدت سے تقریب کے منتظر تھے۔

محسن بھی بہت پر جوش تھا، مگر اپنی کاہلی اور سستی کی بنا پر وہ ذمہ داریوں کو انجام دینے سے قاصر تھا۔ اس نے اپنے حصے کے بیشتر کام احمد کے ذمے کر رکھے تھے اور خود مزے سے آرام دہ کرسی پر براجمان تھا۔

کل آخری دن تھا، سب دوڑ دوڑ کر کام نپٹانے کے لئے کوشاں تھے۔

خوب گہما گہمی کا عالم تھا۔

ایسے میں محسن آرام فرما رہا تھا۔ محسن کا یوں فارغ بیٹھنا بہت سے بچوں کی طبیعت پر گراں گزر رہا تھا۔ چند ایک نے تو محسن کو کہا بھی لیکن آگے سے جس قدر بدتمیزی کا مظاہرہ کیا گیا سب گومگو کی کیفیت میں آ گئے تھے، دوبارہ کسی نے اس کو مخاطب کرنے کی کوشش نہ کی تھی۔ محسن کے منہ میں جو آیا وہ بولتا چلا گیا۔ ایک شخص ساتھ والے کمرے میں بڑی خاموشی سے ساری صورتحال کا جائزہ لے رہا تھا۔ محسن کی ساری باتیں پرنسپل صاحب نے سنی تھیں، سب اپنے کام میں مگن تھے کوئی نہیں جانتا تھا کہ ساتھ والے کمرے میں کوئی ذی نفس موجود ہے۔ اگلے دن کا سورج بھرپور رونق کے ساتھ طلوع ہوا تھا۔ سب کی خوشی دیدنی تھی۔ ایک بھرپور دن کا آغاز ہو چکا تھا۔

بچوں نے مختلف کھیلوں جیسے کبڈی، کرکٹ، بیڈمنٹن، فٹ بال، رسہ کشی، چاٹی ریس اور دوڑ کے مقابلوں میں بڑھ چڑھ کر حصہ لیا۔ سارا دن نت نئے کھیل اور کھلاڑیوں کی بدولت جشن کا سماں بندھا رہا۔ آخر میں جیتنے والوں کا اعلان کرنے کے لیے پرنسپل صاحب کو سٹیج پر بلایا گیا۔

بچوں کا تجسس عروج پر تھا۔

سب فاتحین کے متعلق جاننے کے لیے بے چین ہو رہے تھے۔

نتائج کے اعلان سے پہلے پرنسپل صاحب نے خوب ولولہ خیز تقریر کی جس کا ایجنڈا کچھ یوں تھا:

''پیارے بچو! آپ ہمارے مستقبل کے معمار ہیں، ہمارے ملک کا فخر اور مان ہیں۔ شاعر مشرق علامہ محمد اقبال نے آپ کو تیز رفتار پرندے ''شاہین'' سے تشبیہ دی ہے۔ شاہین وہ پرندہ ہے جس کی نظر منزل پر ہوتی ہے اور اڑان ہمیشہ اونچی ہوتی ہے۔ آپ اقبال کے شاہین ہو۔ آپ کو اپنے روشن مستقبل کے لیے منزل پر نظریں جمائے آگے بڑھتے جانا ہے، نہ صرف اپنا بلکہ اپنے ملک وقوم کا نام بھی روشن کرنا ہے۔ آپ کو اقبال نے خودی کا درس دیا ہے۔ خودی سے انسان میں جذبہ خود داریت پروان چڑھتی ہے، آپ کو کسی کے آگے نہیں جھکنا سوائے اس ذات کے جو اس قابل ہے کہ اس کو سجدہ کیا جائے، اس کے آگے جھکا جائے۔ آپ کو اپنے مقصد کے حصول کے لیے تن تنہا محنت کرنی ہے۔ آپ کو کسی کی بیساکھی نہیں بننا فخر سے سینہ تان کر چلنا ہے۔ چونکہ آپ اقبال کے شاہین ہو، شاہینوں کو کسی کی ضرورت نہیں ہوتی ہے وہ فرد واحد کی بدولت اکیلے ہی سب پر بھاری ہوتے ہیں۔ آج سب بچے عہد کریں وہ آزادی اور محنت کی بناء پر کامیاب ہو کر اقبال کا پیغام شرمندہ تعبیر کریں گے۔ اقبال نے پاکستان کا خواب دیکھا تھا جب کہ قائداعظم نے اس خواب کو سچ کر دکھایا ایسے ہی میرے پیارے بچوں اقبال نے اپنے شاہینوں کا جو تصور دیا ہے آپ نے اس کو سچ کر دکھانا ہے۔ آپ کی زندگی اور اعمال اس قدر مثبت اور حوصلہ افزا ہوں کہ آپ کو دیکھ کر کوئی کہہ سکے کہ یہ واقعی اقبال کے شاہین ہیں۔''

پرنسپل صاحب کی تقریر سے سب کے لہو گرما اٹھے تھے۔

محسن نے بہت غور سے ساری باتیں سنی تھیں۔

اس کے اندر سے کوئی آواز محسن کو جھنجھوڑ رہی تھی۔

شروع میں تو محسن نے اس آواز کا گلا دبا دیا لیکن زیادہ دیر اس کی پکڑ سے بچ نہ سکا۔

یہ ضمیر کی آواز تھی جو محسن کو احساس دلا رہی تھی کہ اقبال کے شاہین سست اور کاہل بالکل نہیں ہوتے اور نہ وہ محنت

سے جی چراتے ہیں۔

اقبال کے شاہین محنت کی عظمت پر یقین رکھتے ہیں اور سب کچھ خود کرتے ہیں دوسروں پر انحصار نہیں کرتے ہیں۔

محسن نے دل ہی دل میں عہد کیا کہ وہ آج سے اقبال کا شاہین بنے گا۔ اُس نے کل کی بجائے آج سے ہی اپنے آپ کو بدلنے کا تہیہ کر لیا تھا۔

تیسری عید

''ارے بیٹا۔تم آ گئی ؟''

''ایسے منہ پھلائے کیوں بیٹھی ہو؟''

اماں نے ردا سے پوچھا۔

''شکل تو دیکھو آئینے میں منہ پر بارہ بج رہے ہیں۔''

اماں ایک لمحے کو خاموش ہو کر پھر سے بولیں۔

ردا ابھی تھوڑی دیر پہلے ہی سکول سے واپس لوٹی تھی۔

یہ وہ ردا تو نہیں تھی جو صبح ہشاش بشاش سکول گئی تھی۔

کچھ پریشان، اداس، منہ بنائے اپنے بستر پر براجمان تھی۔

''ارے! میں پوچھتی ہوں کیا ہوا ہے؟''

''کسی سے لڑ کر آئی ہو؟''

''ٹماٹر کی طرح لال منہ ہوا ہے۔کچھ بتاؤ تو پتا چلے۔''

ردا کی امی پریشانی سے معاملہ کے متعلق استفسار کر رہی تھی۔

ردا تو ایسے جیسے منہ میں زبان ہی نہیں ہے، چپ ہو کر بس دیوار کو تکتی جا رہی تھی۔

بالکل چپ چاپ، خاموش گویا کسی اور ہی دنیا کی مخلوق ہو۔

امی کے بارہا اصرار پر ردا کے آنسوؤں نے قفل کھولا اور سیلاب کی مانند بہتے چلے گئے۔

''آہ، میری بچی کیا ہو گیا؟''

''کیوں رو رہی ہو؟''

ردا کو روتے دیکھ کر امی کے تو ہاتھ پاؤں ہی پھول گئے۔

''کیوں میری جان لو گی؟''

''بتا کیوں نہیں دیتی کیا بات ہے؟''

امی تو روہانسی ہوگئی تھی۔

''امی! مجھے چودہ اگست کے کپڑے لینے ہیں۔''

ردا نے تو ایک دم سے جیسے بم ہی پھوڑ ڈالا تھا۔

''ہیں؟ چودہ اگست کے کپڑے؟''

امی ردا کی بات کو نہیں سمجھی تھیں۔

ہاں امی! میری سب سہیلیوں نے چودہ اگست کی بھرپور تیاری کی ہے۔جیسے کپڑے ویسے ہی جوتے اور زیورات بھی لیے ہیں۔

''لیکن بیٹا! یہ کوئی عید تو نہیں جو اس کی تیاری کی جائے۔''

امی ابھی تک ہکی بکی تھیں۔

''امی یہ خوشی کا دن ہے۔اس دن ہمارا پاکستان وجود میں آیا تھا۔''

ردا نے ایک نامکمل دلیل دینے کی کوشش کی۔

''ہاں وہ تو ٹھیک ہے مگر اس کو ایسے کون مناتا ہے؟ اور کپڑے جوتے میری تو یہ سمجھ سے باہر ہے۔''

''ابھی کچھ دن پہلے تو بڑی عید کی تیاری کی تھی۔تمھارے تو کپڑے بھی نئے ہیں وہی پہن لینا۔''

امی ابھی تک ردا کی بات پر تعجب تھیں اور مخمصے کا شکار تھیں۔

''نہیں امی۔بالکل بھی نہیں۔''

''مجھے سبز اور سفید رنگ کے کپڑے لینے ہیں، ویسا ہی جوتا اور چوڑیاں۔''

ردا اب ضد پر آ گئی تھی۔امی جان اپنا سر پکڑ کر بیٹھ گئی تھی۔

ردا کے ابو کے گزر جانے کے بعد اس کی امی محنت مزدوری کر کے بڑی مشکل سے گھر کا خرچ چلاتی تھی۔پہلے ہی وہ ردا کی پڑھائی کے اخراجات بڑی مشکل سے برداشت کر رہی تھی کہ کل کو ردا پڑھ لکھ کر ان کا سہارا بنے گی لیکن وہ یہ سب سمجھنے کی بجائے اپنی سہیلیوں کی ہو بہو بننا چاہ رہی تھی۔ردا کو خود بھی اپنے معاشی حالات کا اندازہ تھا مگر آج وہ ضد پر اڑ گئی تھی۔اس کے ذہن میں اپنی دوست مریم کی بات چپک کر رہ گئی تھی: ''ارے چودہ اگست ہم مسلمانوں کی تیسری عید ہے، اس لیے اس کو منانا فرض اور لازم ہے۔''

ردا کی امی سمجھ گئی تھی کہ ردا اپنی ہم جولیوں کی باتوں میں آ گئی ہے۔

''بیٹا! کیا تمھیں پتا ہے یہ ملک پاکستان ہم نے کیسے حاصل کیا تھا؟''

''ہاں! مجھے پتا ہے امی۔ قائداعظم محمد علی جناح کی ان تھک محنتوں سے یہ ملک وجود میں آیا تھا۔''

ردا نے ناک منہ بسورتے ہوئے خفگی سے جواب دیا۔

''ہاں! لیکن علامہ اقبال کے خواب کو شرمندہ تعبیر قائداعظم نے کیا تھا اور مسلمانوں نے اپنی جان، مال اور عزتوں کی قربانی دی تھی۔ اس وطن کی مٹی میں شہیدوں کا لہو شامل ہے۔ یہ دن خوشی کا تو ہے لیکن یہ عید ہرگز نہیں ہے بلکہ اس ایثار و جذبے کو یاد کرنے کا دن ہے۔ ساتھ ہی ساتھ خدا کا شکر ادا کرنے کا دن ہے کہ اس نے ہمیں آزاد ریاست دی جہاں ہم آزاد شہری کے طور پر زندگی بسر کر رہے ہیں۔''

ردا بہت دھیان سے امی جان کی باتیں سن رہی تھی۔

''بیٹا! یہ خرافات ہمارے ملک دشمن عناصر کے پیدا کردہ ہیں تاکہ ہم فضولیات میں مگن ہو کر اصل مقصد سے دور ہٹ جائیں۔''

''تم مجھے بتاؤ، کیا مخصوص دن میں تمھارے سبز اور سفید رنگ کے کپڑے پہننے سے ملک کو کوئی فائدہ ہوگا؟'' امی نے پوچھا اور پھر کہا۔ ''کیا دشمن سے ایسے جیتا جا سکتا ہے؟ تم خود سمجھدار ہو، تمھیں اس بارے میں سوچنا چاہئے۔''

امی ردا کو سمجھا کر خود وہاں سے اٹھ گئی تھیں تاکہ وہ آرام سے اس معاملے پر غور و فکر کر سکے۔ ردا کا سر شرمندگی سے جھکا ہوا تھا۔ فضول بحث اور امی جان کو پریشان کرنے پر وہ پرملال تھی۔ دل ہی دل میں امی جان کی شکر گزار بھی تھی جن کی وجہ سے وہ ملک دشمن عناصر کے اوچھے ہتھکنڈوں سے محفوظ رہی تھی۔

میں آزاد ہوں

''ٹی ٹی، ٹاں ٹوٹیں۔''

''ٹاٹی، ٹی ٹی، ٹو ٹاٹا۔''

پیپل کے درخت پر زور وشور سے آوازیں گونج رہی تھی۔

آس پاس کے تمام درختوں پر موجود پرندے اپنے گھونسلوں سے سر نکال کر دیکھ رہے تھے۔ سب کے لئے سمجھنا آسان تھا کہ طوطا اور مینا آج پھر لڑ رہے تھے۔

جنگل کے تمام جانور اور پرندے اس شور کے عادی ہو چکے تھے۔

یہ عموماً روز کا معمول ہی بن کر رہ گیا تھا۔ آئے دن مینا اپنے شوہر سے لڑتی جھگڑتی رہتی تھی۔

''تم سمجھتے کیوں نہیں ہو، یہ جگہ ہمارے رہنے کے لائق نہیں ہے۔''

مینا اپنے شوہر سے الجھتے ہوئے اپنا موقف سمجھا رہی تھی۔

''کیوں کیا مسئلہ ہے؟ اچھی بھلی تو جگہ ہے۔''

طوطا مینا کو رام کرنے کی ناکام کوشش کر رہا تھا۔

''یہ جگہ بالکل کسی قید کی مانند ہے۔ میرا یہاں پر دم گھٹتا ہے۔''

مینا نے جھلاتے ہوئے طوطے کو اصل وجہ بتاتے ہوئے کہا۔

''تمہارا دماغ ٹھیک ہے؟ ہم اس جنگل میں جدی پشتی رہ رہے ہیں اور یہاں پر ہم جتنے محفوظ ہیں اتنے تو پوری دنیا میں کسی جگہ پر نہیں ہو سکتے ہیں۔''

طوطے نے واضح طور پر اپنی بات مینا کے گوش گزار کرتے ہوئے کہا۔

''تم آخر میری بات مان کیوں نہیں لیتے؟ ہم کسی اور جگہ چلتے ہیں۔ مجھے یقین ہے تمہیں یہاں سے زیادہ وہ جگہ پسند آئے گی۔''

مینا نے طوطے کو سبز باغ دکھاتے ہوئے کہا۔

''بس بہت ہو گیا۔ میں ادھر سے کہیں نہیں جاؤں گا۔ میری اگلی نسلیں بھی یہی پر آباد ہوں گی۔''

طوطے نے اپنا حتمی فیصلہ سناتے ہوئے کہا۔

''تو تم میری بات نہیں مانو گے؟''

مینا نے حیرت سے طوطے کی جانب دیکھتے ہوئے استفسار کیا۔

''نہیں ہرگز نہیں۔ اب بس کرو اور پیچھے ہٹو مجھے کام پر بھی جانا ہے۔''

طوطے نے اپنا آخری فیصلہ سنایا اور چل دیا۔

''ہونہہ! کم عقل کہیں کا۔''

طوطے کے جاتے ہی مینا نے منہ میں بڑبڑاتے ہوئے اس کو خطاب دے ڈالا۔

مینا کی شادی کو ابھی چند ماہ ہی ہوئے تھے۔ وہ جس پیڑ پر رہتی تھی وہ بہت شاندار تھا، وہاں سے نظارہ بھی بہت خوب تھا لیکن نہ جانے کیوں سب کچھ ہوتے ہوئے بھی مینا ناشکری پر اتر آئی تھی۔ طوطے کے گھر سے نکلتے ہی مینا نے پورے گھر کی چیزیں پٹخ ڈالی تھیں۔ مینا کا غصہ کسی صورت بھی کم ہونے پر نہیں آ رہا تھا۔

''ایسا ہرگز نہیں ہو گا۔ میں اپنی بات منوا کر دم لوں گی۔''

مینا ابھی بھی اپنی بات پر ڈٹی ہوئی تھی۔

بڑبڑ کرتے پورے گھر کے چکر کاٹتے ہوئے مینا کے ذہن میں ایک خیال آیا اور پھر اس کو سوچ کر اس کی آنکھیں چمکنے لگی جیسے کوئی خزانہ اس کے ہاتھ لگ گیا ہو۔

****

''کوئی ہے؟ کوئی مجھے سن سکتا ہے؟''

مینا کب سے اپنے پر پھڑپھڑاتے ہوئے آوازیں لگائے جا رہی تھی۔

''یا خدا! میری مدد فرما۔ مجھے اس مصیبت سے نجات دلا۔''

مینا دعا مانگتے ہوئے کسی غیبی مدد کے انتظار میں تھی۔

رات سر پر تھی۔

ہر سو اندھیرا چھا رہا تھا۔

مینا کا سارا دن روتے چیختے آوازیں دیتے اور فریاد کرتے ہی گزر گیا تھا۔

****

پیپل کے درخت پر یاسیت چھائی ہوئی تھی۔

طوطا اور اس کے رشتے دار منہ لٹکائے ناامید سے بیٹھے تھے۔ ہفتے بھر سے زیادہ ہو گیا تھا اور مینا کا کوئی اتا پتا نہیں تھا۔ مینا لڑ جھگڑ کر گھر سے نکل گئی تھی۔کوئی بھی اس سے ایسی بے وقوفی کی توقع نہیں رکھتا تھا۔طوطا خود کو موردالزام ٹھہرائے منہ لٹکائے بیٹھا تھا۔ادھر مینا مصیبت میں گرفتار تھی۔

دراصل گھر بدلنے کے چکر میں مینا گھر سے نکل گئی تھی اور راستے میں ایک انجان جگہ پر ستاتے ہوئے شکاری نے مینا کو پکڑ لیا تھا اور پنجرے میں قید کر کے مہنگے داموں فروخت کر دیا تھا۔اب وہ دو معصوم بچوں کے گھر میں رہتی تھی۔ وہ بچے مینا سے بہت پیار کرتے تھے اور اس کا بہت خیال بھی رکھتے تھے لیکن مینا کا وہاں دل نہیں لگتا تھا۔اسے رہ رہ کر اپنا گھر یاد آتا تھا جہاں وہ آزادی سے اپنے شوہر اور اہل خانہ کے ساتھ گھومتی پھرتی تھی۔ مینا کو وہ سنہرے دن بہت یاد آتے تھے۔اس کی آنکھیں خون کے آنسو روتی تھی۔ جب بھی وہ خود کو پنجرے میں دیکھتی تو اس کا دل چیخ چیخ کر کہتا **''میں آزاد ہوں''** لیکن مینا کی فریاد سننے والا کوئی نہیں تھا۔

مینا کو اپنی ضد اور ناشکری کی سزا مل گئی تھی۔

وہ اپنے رویے پر بہت نادم تھی پر **''اب پچھتائے کیا ہوت، جب چڑیاں چگ گئیں کھیت''**

کلمہ حق

''یہ آزادی کیا ہوتی ہے؟''

تیرہ سالہ نور نے اچانک سے اپنی امی سے سوال پوچھا۔

''کیوں؟ کیا ہوا ہے؟''

امی نے حیرت سے نور کی جانب دیکھتے ہوئے پوچھا۔

''کچھ نہیں، بس آپ بتائیں۔''

نور نے بات کو گول کرتے ہوئے اصل مدعا کے بارے میں استفسار کیا۔

''بیٹا! آزادی کہتے ہیں کھل کے جینے کو یعنی بغیر کسی روک ٹوک کے زندگی بسر کرنے کو آزادی کہتے ہیں۔''

امی جان نے مختصر الفاظ میں نور کی عمر کے مطابق اس کو سمجھانے کی کوشش کی۔

''ہمم! یعنی کہ اپنی مرضی سے جینا اور کام کرنے کو آزادی کہتے ہیں۔''

نور نے اپنے ذہن کے مطابق بات کو سمجھتے ہوئے اس کی تائید چاہی۔

''ہاں بیٹا! لیکن تم کیوں پوچھ رہی ہو؟''

امی نے نور سے دوبارہ استفسار کیا۔

''نہیں بس ایسے ہی، کچھ خاص بات نہیں ہے۔''

نور نے امی کو ٹالتے ہوئے کہا۔

''پھر بھی آخر تمہیں آزادی کا خیال کیوں آیا؟''

امی ابھی تک تعجب کا شکار تھیں۔

''میں نے کتاب میں پڑھا ہے کہ ہندوستان میں مسلمانوں کو مذہبی اور ثقافتی آزادی میسر نہیں تھی۔ اسی لیے انہوں نے تحریک چلائی اور دن رات ایک کر کے ایک الگ اور آزاد ملک کو حاصل کرنے کے لیے محنت کی جو کہ چودہ اگست 1947 کو ''پاکستان'' کی شکل میں معرض وجود میں آیا۔''

نور نے تفصیل سے اپنے خیال کے متعلق سیاق وسباق کو امی کے گوش گزار کر دیا۔

''بالکل! ایسا ہی ہوا تھا۔تم نے ٹھیک پڑھا ہے۔''

امی نے نور کی بات کی تائید کرتے ہوئے کہا۔

''امی! کیا پاکستان بننے کے بعد ہم آزاد ہو گئے ہیں؟''

نور نے ایک دم سے امی کی آنکھوں میں دیکھتے ہوئے سوال کر ڈالا۔

''ہاں بیٹا، کیوں نہیں؟ جب سے پاکستان بنا ہے مسلمان اب آزاد ہو گئے ہیں۔وہ اپنی مرضی کے مطابق سکون سے عبادات کرتے اور اپنے مذہبی وسماجی تہواروں کو مناتے ہیں۔''

امی نے بڑے فخر سے نور کو بتایا۔

''کیا واقعی ہم آزاد ہیں؟''

نور نے عجیب سے لہجے میں امی سے دوبارہ وہی سوال کیا۔

''ہاں نور، کیا ہو گیا ہے؟ ابھی بتایا تو ہے کہ ہم آزاد ہیں۔''

امی نے جھنجلاہٹ سے جواب دیا۔

''امی! مجھے نہیں لگتا کہ ہم آج بھی آزاد ہیں۔''

نور نے افسردگی سے امی سے کہا۔

''لیکن کیوں؟ تمہیں ایسا کیوں لگتا ہے؟''

امی نے اچھنبے سے نور سے پوچھا.

''ہم نے بظاہر الگ ملک حاصل کر لیا ہے اور ہمیں لگتا ہے کہ ہم اب آزاد ہیں لیکن درحقیقت ہم قید کی زنجیروں میں جکڑے ہوئے ہیں۔''

نور نے نہایت خشک، ٹھنڈے اور کرخت انداز میں امی کی بات کا جواب دیا۔

''تم ایسا کیوں سوچتی ہو؟''

امی کو نور کی بات اور رویے پر حیرت ہو رہی تھی۔

''کیوں کہ اگر یہ واقعی اور صحیح معنوں میں آزاد ملک ہوتا تو ہمیں اپنی بات کہنے کی بھرپور آزادی حاصل ہوتی جبکہ یہاں پر سب الٹ ہے۔''

نور نے یاسیت سے بھرپور لہجے میں اپنا موقف امی کے سامنے عیاں کرتے ہوئے کہا۔

''اگر یہ واقعی آزاد ہوتا تو اس میں کیا فرق ہوتا؟''

امی نے نور سے ایک دم سے غیر متوقع سوال کر ڈالا۔

''اگر یہ ملک آزاد ہوتا تو ہمیں کلمہ حق کہنے کی بھرپور آزادی میسر ہوتی نہ کہ زبردستی ہمارا منہ بند کروا دیا جاتا۔ بظاہر ہم آزاد نظر آنے والے آج بھی اپنے ملک، سماج اور حکومت کے قیدی ہیں۔ ہم تو کبھی آزاد ہوئے ہی نہیں تھے۔ یہ تو محض نظریات کا دھوکہ ہے۔''

بارہ سالہ نور نے اپنے مشاہدے اور علم کے مطابق بہت بڑی بات کہہ دی تھی۔

''تم یہ سب کیسے جانتی ہو؟''

امی اپنی بیٹی نور کی بات پر دنگ رہ گئی تھیں اور وہ اس سے پوچھے بنا نہیں رہ سکی تھیں۔

''ہر وہ انسان جو خود کو آزاد تصور کرتا ہے اگر وہ اس نام نہاد آزادی کی پٹی کو اپنی آنکھوں سے ہٹا کر اپنے اردگرد کے معاشرے اور حالات کا جائزہ لے گا تو اسے معلوم ہو جائے گا۔''

نور نے مسکراتے ہوئے امی کی بات کا جواب دیا۔

''تم ٹھیک کہتی ہو۔ ہم آج بھی کلمہ حق کہنے کے قابل نہیں ہوئے ہیں۔ اصل میں ہم آزاد ہوئے ہی نہیں ہیں۔''

امی نے ہونکا بھرتے ہوئے نور کے نظریات کو تسلیم کرتے ہوئے کہا۔

امی کے چہرے پر چھائی یاسیت اور مایوسیت کو دیکھتے ہوئے نور یہ سوچ رہی تھی کہ ہم کتنے بڑے خسارے میں ہیں اور ہمیں معلوم تک ہی نہیں ہے۔

کیا آپ بھی یہی سوچ رہے ہیں؟

دفاع

''ارے بچوں اٹھ جاؤ۔ جلدی کرو اور کتنی دیر کرو گے؟ سکول سے دیر ہو رہی ہے۔''

امی جان کب سے بچوں کو سکول کے لیے اٹھا رہی تھی۔

بچے اٹھنے کا نام تک نہ لے رہے تھے۔ گدھے گھوڑے بیچ کر بے سدھ سو رہے تھے۔

''بس امی دو منٹ اور سو لینے دیں۔'' ننھی فری نے معصومیت سے آنکھیں جھپکتے ہوئے کچھ اس انداز میں کہا کہ امی جان غصہ بھول کر بے اختیار مسکرا اٹھیں۔

''ٹھیک ہے بس دو منٹ اور اس کے بعد تم لوگ مجھے سوتے نظر نہ آؤ۔''

روز صبح گھر میں یہی تکرار اور ہلچل دیکھنے اور سننے کو ملتی تھی۔

''ارے بچوں آج بھی سکول جا رہے ہو؟''

دادی جان اپنے کمرے سے باہر نکلی تو بچوں کو سکول کی وردی میں تیار دیکھ کر استفسار کیا۔

''جی دادی۔ آج بدھ ہے چھٹی نہیں ہے۔'' فہد سمجھا دادی کو غلطی لگی ہے تب ہی پوچھ رہی ہیں۔

''ارے بیٹا! مجھے پتا ہے آج بدھ ہے۔ لیکن۔۔۔'' دادی جان ادھوری بات کر کے خاموش ہو گئیں۔

دادی کے اس انداز پر بچوں کو بڑی حیرت ہوئی۔ دادی تو ہمیشہ پوری بات کرتی تھیں پھر آج کیا ہوا؟

''لیکن کیا دادو؟'' ''فری نے دادی سے پوچھ ہی لیا۔

''بیٹا آج تو 6 ستمبر ہے۔ آج کے دن تو قومی چھٹی ہوتی ہے۔'' دادی نے بتایا۔

''6 ستمبر؟ قومی چھٹی؟'' بچوں نے یک زبان دادی کے الفاظ دہرائے۔

''جی اماں جی آج 6 ستمبر ہے لیکن اب چھٹی ختم کر دی گئی ہے۔''

بچوں کی بجائے امی جان نے دادی کو بتایا۔

''آئے ہائے۔ کیا کہا؟ چھٹی ہی ختم کر دی ظالموں نے۔''

دادی تو چھٹی کے منسوخ ہونے کا سن کر تڑپ ہی اٹھی۔

بچے اپنی جگہ حیران پریشان سوالیہ نظروں سے کبھی امی کو دیکھتے تو کبھی دادی کی طرف۔ گویا نظروں ہی نظروں میں سوال پوچھ رہے ہوں کہ آخر یہ 6 ستمبر بھلا کیا بلا ہے؟

''چلو بچوں دیر ہو رہی ہے جلدی کرو، واپسی پر اس پر بات کریں گے۔''

امی جان نے جلدی سے بچوں کو روانہ کیا اور ساتھ ہی ساتھ ان کی تشفی بھی کروائی کہ بھئی حوصلہ رکھو واپسی پر سب معلوم ہو جائے گا۔ بچے وقتی طور پر مطمئن ہو کر سکول تو چلے گئے۔ ان کا ذہن اسی بات پر الجھا رہا۔ فہد نے تو مارے تجسس کے اپنے ہم جماعت ساتھیوں سے بھی اس کی بابت پوچھا۔ جواب ندارد پا کر فہد نے خاموشی اور بے چینی سے وقت کے گزرنے کا انتظار کیا۔

دوسری جانب فری کا بھی برا حال تھا۔ وقت گزر ہی نہیں رہا تھا اور نہ کسی چیز میں دل لگ رہا تھا۔ بچوں نے بمشکل سکول میں وقت گزارا۔ چھٹی ہوتے ہی گیٹ کی طرف دوڑ لگا دی۔ جیسے جیل سے فرار شدہ قیدی بھاگتے ہیں۔ گھر آتے ہی کھانے سے فارغ ہوتے ہی بچے دادی کے گرد گھیرا ڈال کے بیٹھ گئے۔

دادی جان بچوں کی بے چینی سے محظوظ ہو رہی تھیں۔

بالآخر فہد نے اس صبر آزما لمحے کو ختم کیا۔

''چلیں دادی اب بتائیں 6 ستمبر کو کیا ہوتا ہے؟ اس دن چھٹی کیوں ہوتی تھی اور اب کیوں نہیں ہوتی؟''

فہد سوال در سوال کرتا گیا۔ فری بھی ہمہ تن گوش دادی جان کے جواب کی منتظر تھی۔

''بیٹا! 6 ستمبر کو بھارت نے بغیر اعلان کیے پاکستان سے جنگ شروع کی تھی۔ راتوں رات اپنی فوج ہماری سرحد کے پار پہنچا دی تھی۔ وہ پاکستان پر میلی نظریں جمائیں اس پر قبضہ کرنے کے خواہش مند تھے۔''

''آہ ہ ہ!'' فہد کا تو منہ ہی کھل گیا۔ فری بھی ہکی بکی رہ گئی۔

''پھر کیا ہوا تھا دادی؟''

فہد کا تجسس عروج پر تھا۔

''بیٹا! ان کی فوج اور اسلحہ ہم سے کہیں زیادہ تھا۔ ہماری تعداد بھی کم تھی۔ مگر سب متحد تھے اور جذبہ ایمانی کی بناء پر سب نے یک زبان ہو کر ''لبیک'' کہا۔ اپنے جسم پر بم باندھ کر دشمن کے آگے ڈٹ گئے، خود تو شہادت کا درجہ پایا مگر دشمن کے ناپاک منصوبے کو کامیاب نہیں ہونے دیا۔''

''واہ ہ ہ!'' فہد بہت متاثر ہوا تھا اپنی تاریخ جان کر۔ اس کے منہ سے بے اختیار تعریف نکلی تھی۔

بچے بڑی دلچسپی سے دادی کی باتیں سن رہے تھے۔ان کا جوش قابل دید تھا۔فہد تو بے قرار ہی ہو گیا تھا۔

''پھر کیا ہوا دادی؟ کون جیتا تھا یہ جنگ؟''

فہد کچھ حیران پریشان سا انجام جاننے کے لیے پر جوش تھا۔

''بیٹا! ہماری فوج کی دیدہ دلیری اور اتحاد نے دشمن کو میدان جنگ چھوڑ کر بھاگ نکلنے پر مجبور کر دیا تھا۔اللہ کے کرم سے یہ جنگ ہم نے جیتی تھی۔اس دن کی یاد میں ہر سال قومی چھٹی کے ذریعے ہم اپنے شہیدوں کو خراج تحسین پیش کرتے ہیں، پریڈ مارچ ہوتی اور شہداء کے ورثہ کو اعزازات دیے جاتے ہیں اور ہمسایہ ملک کو یہ پیغام دیا جاتا ہے کہ اگر اس نے اپنی گندی نظر سے ہمارے ملک کی جانب دیکھا تو اسے ماضی کی طرح اب بھی منہ کی کھانی پڑے گی۔افسوس صد افسوس اس اہم دن کی اہمیت کو اب اجاگر نہیں کیا جاتا اور سرکاری تعطیل بھی بند کر دی گئی ہے۔''

دادی جان سے اپنے ملک کی تاریخ سننے کے بعد بچے جذبہ حب الوطنی سے سرشار تھے۔ان کے اندر ملک کی محبت کا ٹھاٹھے مارتا جوش رواں دواں تھا۔انہیں اپنے پاکستانی ہونے پر فخر محسوس ہو رہا تھا۔آخر کو وہ اس عظیم ملک کی آن، بان اور شان جو ہیں۔

پاکستان زندہ باد!

تلوار

''اوئے! سنتے ہو؟؟؟'' عمر نے بلند آواز میں کہا۔

''اوئے کالو!'' احمد نے بھی عمر کی تقلید کرتے ہوئے کہا۔

''لگتا ہے لنگڑا ہونے کے ساتھ ساتھ گونگا، بہرا بھی ہے۔''

ہادی نے ظالمانہ انداز میں تجزیہ کرتے ہوئے کہا۔

اذان خاموشی سے اپنی چھڑی سے خود کو گھسیٹتے ہوئے گلی سے گزر رہا تھا تب ہی ان شریر لڑکوں نے اسے دبوچ لیا تھا۔

''اوئے! تجھے آواز سنائی نہیں دے رہی؟'' عمر نے رعب جھاڑتے ہوئے اذان کو کہا۔

''آ رہی ہے۔'' اذان نے مدھم آواز میں جواب دیا۔

''تو کیا گونگا ہے، جو بول نہیں سکتا؟'' احمد نے اذان سے بدتمیزی کرتے ہوئے کہا۔

''منحوس کو اپنی کالی شکل کی طرح کالے کانوں سے آواز بھی سنائی نہیں دیتی ہے۔''

ہادی نے اذان کے کالے رنگ کا تمسخر اڑاتے ہوئے کہا۔

اذان کب سے خاموشی کے ساتھ ان کی بدتمیزی کو برداشت کر رہا تھا۔

آس پاس گلی میں کوئی نہیں تھا ہر طرف سکوت طاری تھا۔کوئی ذی نفس دکھائی نہیں دے رہا تھا۔اذان کب سے ان کی باتوں پر صبر کے گھونٹ بھر رہا تھا لیکن اب اس کا ضبط جواب دے رہا تھا۔زہر سے زیادہ زہریلے اور تلوار سے زیادہ نوکیلے الفاظ سن کر اذان کو اپنی بے بسی پر رونا آ رہا تھا۔

''دیکھو، دیکھو! کیسے ٹسوے بہا رہی ہے کالی میم!''

احمد نے اذان کے بہتے آنسوؤں کا مذاق اڑاتے ہوئے کہا۔

''ارے، ارے دیکھو تو، اس کے پاس تو بلا بھی ہے۔''

عمر نے اذان کی چھڑی کو بلے سے تشبیہ دے ڈالی۔

''واہ! کیا ہی حسین اتفاق ہے۔ ہمارے پاس گیند ہے اور اس کے پاس بلا ہے۔''

ہادی نے اذان کی چھڑی کو چھینتے ہوئے کہا۔

''نہیں ،نہیں۔خدا کے لیے ایسا مت کرو۔''

اذان نے لاچارگی سے اپنا دفاع کرتے ہوئے کہا۔

''ارے!اس کے تو منہ میں زبان بھی ہے۔''

عمر نے زہر خندہ نگاہوں سے اذان کو گھورتے ہوئے کہا۔

''مجھے جانے دو،خدا کے لیے مجھے چھوڑ دو۔میں کسی کو کچھ نہیں بتاؤں گا۔''

اذان ان کے خطرناک ارادوں کو بھانپ چکا تھا۔

اس نے ان کی منت سماجت شروع کر دی تھی۔

''ارے!دیکھو تو کیسے بکری کی طرح میں میں کر رہا ہے۔''

ہادی نے تمسخرانہ انداز میں اذان کی نقل اتارتے ہوئے کہا۔

''دیکھو!تمھیں خدا کا واسطہ ہے مجھے جانے دو۔''اذان مسلسل روتے ہوئے ان سے التجا کر رہا تھا۔

''اچھا چلو جاؤ۔کیا یاد کرو گے۔جاؤ چلے جاؤ۔''عمر نے فراخدلی سے راستہ چھوڑتے ہوئے کہا۔

اذان نے آنسو صاف کر کے چمکتی ہوئی آنکھوں سے عمر کو دیکھا اور اپنی چھڑی کو آگے بڑھا دیا۔اذان ابھی دو قدم ہی چل پایا تھا کہ پیچھے سے ہادی نے پوری قوت سے اس کی چھڑی کھینچ لی تھی۔

اذان اس صورتحال کے لیے بالکل بھی تیار نہیں تھا وہ اپنا توازن برقرار نہیں رکھ سکا تھا اور دھڑام سے قریب ہی کوڑے کے ڈھیر پر گر پڑا تھا۔تینوں شریر لڑکے پاس کھڑے اذان کی حالت سے محظوظ ہو رہے تھے۔

اذان نے شکوہ کرتی آنکھوں سے اوپر آسمان کی طرف دیکھا اور پھر ہجزانہ انداز میں چیخنا چلانا شروع کر دیا تھا۔اذان کے اس عمل سے لڑکے اور خوش ہو رہے تھے لیکن جب اذان نے اونچی آواز میں مدد کے لیے پکارنا شروع کیا تو لڑکے ڈر کے بھاگ گئے اور جاتے جاتے گلی کے نکڑ پر اس کی چھڑی بھی پھینک گئے تھے جو کہ اذان سے کوسوں دور تھی۔

اذان ادھر ہی کوڑے کے ڈھیر پر پڑا رہا۔بار بار وہ نظریں اٹھا کر دیکھتا کہ شاید کوئی اللہ کا نیک بندہ آ جائے اور اس کی مدد کر دے لیکن اس کی نگاہیں ناکام و نامراد ہی لوٹتی تھیں۔شام کا اندھیرا گہرا ہونے کو تھا اور گلی بالکل سنسان تھی۔

اذان کو ہر حال میں جلد ہی گھر پہنچنا تھا اس کے گھر والے پریشان ہو رہے تھے لیکن وہ اپنی معذوری کے باعث بغیر سہارے کے چلنے پھرنے سے قاصر تھا۔ نجانے کتنی دیر سے اذان اپنے گھٹنے پر سر رکھے اپنی بے بسی پر رو رہا تھا۔

''ارے بیٹا! آپ ادھر کیوں بیٹھے ہو؟''

ایک خوبصورت آواز اذان کی سماعتوں سے ٹکرائی۔

''انکل! میری مدد کریں۔''

رونے کے باعث اذان کے منہ سے لفظ ادا نہیں ہو رہے تھے بمشکل اس نے اپنی مدد کے لیے فریاد کی۔

وہ انجان لیکن رحم دل شخص اذان کی مدد تو کرنا چاہتا تھا پر وہ بھی اذان سے متنفر ہو رہا تھا اور اس کی حالت سے کریہہ انداز میں منہ کے الٹے سیدھے زاویے بنا رہا تھا۔

اذان اتنا کم عقل نہ تھا کہ اس کی کیفیت کو بھانپ نہ جان سکتا کہ وہ کیا سوچ رہا ہے۔

''آپ بس مجھے میری چھڑی لا کر دے دیں، میں خود چلا جاؤں گا۔''

اذان نے اجنبی کی مشکل کو آسان کرتے ہوئے کہا۔

جیسے تیسے بمشکل اذان نے خود کو سنبھالا اور اجنبی کو تشکر آمیز نگاہوں سے دیکھتے ہوئے کچھ کہنے کے لیے اپنا منہ کھولنا چاہا کہ۔

''جب تم لنگڑے ہو، چل نہیں سکتے تو تمھیں کیا ضرورت ہے باہر نکل کر گھومنے پھرنے کی اور اپنے ساتھ ساتھ دوسروں کو بھی مشکل میں ڈالنے کی۔ تم جیسے لوگ ہی مفت میں ہماری دھرتی کا بوجھ بنے بیٹھے ہیں۔ ہونہہ۔ بہتر ہے تم گھر میں بیٹھو۔ خود بھی سکون کرو اور دوسروں کو بھی سکون کی سانس لینے دو۔''

اجنبی بھی اپنی فطرت سے مجبور ہو کر جاتے جاتے سنا کر گیا تھا۔

اذان جو منہ کھولے اجنبی کو دعائیں دینے کا ارادہ رکھتا تھا وہیں پرنم آنکھوں کے ساتھ اپنے ہونٹوں کو سی کر رہ گیا تھا۔

****

''بیٹا! تمھیں کیا ہو گیا ہے؟''

''تم کچھ بولتے کیوں نہیں ہو؟''

''اب تم باہر بھی نہیں جاتے ہو؟''

''تمھاری طبیعت تو ٹھیک ہے نا؟''

ماں نے فکر مندی میں اذان سے اوپر تلے کئی سوال داغ ڈالے۔

''جی میں ٹھیک ہوں۔ کچھ نہیں ہوا ہے۔''

اذان نے مختصر الفاظ میں ماں کو مطمئن کرنے کی سعی کی۔

تب ہی اذان کی آنکھوں کے سامنے چند ماہ قبل کے مناظر گردش کرنے لگے۔ کون کہہ سکتا ہے کہ صرف تلوار ہی انسان کو زخمی اور چھلنی کرنے کی صلاحیت رکھتی ہے؟ انسانی زبان، لہجے اور طنزیہ گفتگو کسی تلوار سے کم نہیں ہوتے ہیں۔

آج اذان محض چند لوگوں کی تلواروں سے ڈر کر خود کو محفوظ کرنے کے لیے گھر میں مقید ہوا بیٹھا ہے۔ کہنے والے تو کہہ کر چلے گئے لیکن اذان کی زندگی میں پتھر ڈال کر جمود کا شکار کر گئے اور وہ اپنی معذوری کے احساس کمتری کا شکار ہو کر زندگی سے مایوس و ناامید ہو گیا ہے۔

فرض

''ارے بیٹا! آج کدھر جا رہے ہو؟''

احمد تیار کھڑا باہر جانے کی تیاری میں تھا تب ہی دادی کی سہمی ہوئی آواز نے اس کے قدم روک دیے۔

''دادی کچھ کام ہے، کام سے جا رہا ہوں۔''

احمد بخوبی جانتا تھا دادی کی پریشانی کو مگر اس کا جانا بہت ضروری تھا۔

''بیٹا! آج نہ جاؤ۔ تم جانتے تو ہو ملک کے حالات کس قدر خراب ہیں۔ ایسے میں تمھارا باہر نکلنا کسی خطرے سے کم نہیں ہے۔''

دادی نے فکرمندی سے کہا۔

''دادی آپ بس دعا کریں، پریشان نہ ہوں۔''

احمد اپنی جانب سے دادی کو تسلی دے رہا تھا۔

''ارے بہو! بیٹے کو منع کیوں نہیں کرتی ہو؟''

دادی احمد کی ماں سے التجا کرتے ہوئے کہنے لگی۔

''اماں جی جانے دیں، اس کا جانا بے حد ضروری ہے۔ آج اگر اس کو روکا تو روز قیامت کیا جواب دوں گی؟ آج ہمارے ملک کو اس کی ضرورت ہے اسے جانے دیں اماں جی۔''

احمد کی امی نے اس کی حمایت کرتے ہوئے کہا۔

''رب تمھارا نگہبان ہو، جاؤ بیٹا۔ اللہ کے سپرد۔''

ماں کا حوصلہ ملتے ہی احمد اپنے کام کی جانب روانہ ہو گیا۔

امی نے احمد کی دادی کی جانب دیکھتے ہوئے کہا۔

احمد کا تعلق مجاہدین کی جماعت سے تھا۔ دن بہ دن کشمیر میں بدلتے ان سنگین حالات سے پورا ملک بہت پریشان تھا۔ باہر نکلنے کا تو تصور تک ہی محال تھا۔

احمد کے جانے کے بعد دادی دل برداشتہ ہوگئی اور احمد کی ماں پر غصہ کرنے لگی۔

''ارے تم کیسی سنگ دل ماں ہو؟ کیا جانتی نہیں کہ پلوامہ کے بعد اب اپنا بٹ گرام بھی خطرے سے خالی نہیں رہا۔ آخر تمھارا دل کیسے مطمئن ہو جاتا ہے؟ شوہر کے بعد دو جوان بیٹوں کو کھو کر بھی تمھیں عقل نہ آئی۔''

احمد کی دادی کے منہ میں جو آیا غصے میں بولتی چلی گئی۔

''اماں جی! مجھے بتائیں میں کیونکر اسے روکوں؟ آج ہمارے ملک کو اپنے جوانوں کی ضرورت ہے۔ ان سنگین حالات میں دشمنوں سے اپنے ملک کو نجات دلانے والا کوئی تو ہو۔ ملک کی جان، مال اور عزت کی رکھوالی کرنے والوں کی ضرورت ہے۔ جن ماؤں کے لخت جگر شہید ہوئے ملک کا دفاع کرتے، کیا ان کے خون اتنے ارزاں ہیں؟''

''کیا ہم اتنے بے ضمیر ہیں ان کی قربانیوں کو بے مول کر دیں؟''

''جن جوان لڑکیوں کی عزت وعصمت کی رکھوالی کرنے والے ان کے باپ اور بھائیوں کو شہید کر دیا گیا، کیا ان کا کوئی پرسان حال نہیں؟''

''کیا ان کی عزتیں اپنے ہی ملک میں غیر محفوظ ہیں؟''

''کیا ان کی فریاد پر کوئی ان کی مدد کرنے والا نہیں ہے؟''

''کتنے ہی گھروں کے چراغ بجھا دیے گئے ہیں۔ بیلٹ گن سے لوگوں کی آنکھیں تباہ کر کے ان کو زندہ لاش بنا دیا گیا ہے۔ کرفیو کے ذریعے کتنے ہی ماہ لوگوں کو بھوک سے نڈھال کیا گیا اور ہمہ وقت گھروں کی تلاشی کے بہانے ان کی عزتوں کے جنازے نکالے گئے ہیں۔ فون، انٹرنیٹ بند کر کے عالمی دنیا سے مکمل توڑا گیا، جیتے جی ہر طرح سے مفلوج کر کے رکھ دیا گیا ہے۔''

''اتنے ظلم کرنے والے فرعونوں کو کوئی تو پوچھنے والا ہو۔ کسی کو تو ملک کی آواز بننا ہے۔ اماں جی! اس مشکل وقت میں ہمارا ملک چیخ چیخ کر ہمیں اپنی مدد کے لیے بلا رہا ہے۔ ہمیں اپنی مدد آپ کے تحت لڑنا ہے۔ اپنے لیے، اپنے ملک کے لیے، اپنی آئندہ نسلوں کے لیے۔ ایسے میں اگر کوئی اس جنگ میں شہید ہو جائے تو یہ باعث اعزاز ہے۔ ایک کیا اگر میرے دس بیٹے بھی ہوتے تو میں بخوشی انہیں ملک کی خدمت پر مامور کرتی اور جب وہ شہادت پاتے تو میں اف تک نہ کہتی بلکہ اللہ کا شکر ادا کرتی۔''

احمد کی امی نے آج اپنے دل کی بھڑاس نکال لی تھی۔

احمد کی دادی اپنی بات پر اب شرمندگی محسوس کر رہی تھی۔

اسی اثناء میں دروازہ بجنے لگا۔ دونوں عورتیں فوراً دروازے کی جانب دوڑی کہ خدا جانے اب کون سی آفت ٹوٹ پڑی ہے۔ دروازہ کھلتے ہی سامنے احمد کا دوست ابوبکر کھڑا رو رہا تھا۔

احمد کی امی اور دادی بت بنے ابوبکر کو ٹکر ٹکر دیکھ رہی تھی۔

''آنٹی۔ دادی۔۔۔''

ابوبکر نے روتے ہوئے بمشکل منہ سے یہ الفاظ ادا کیے۔

''بیٹا! کیا بات ہے؟ سب خیریت تو ہے۔''

دادی نے ہمت مجتمع کر کے ابوبکر سے استفسار کیا۔

''مبارک ہو! احمد شہید ہو گیا ہے۔ اللہ نے اسے شہادت نصیب کی ہے۔''

ابوبکر دادی کے گلے لگ کر رونے لگا۔

دادی اپنی جگہ گنگ جبکہ احمد کی امی ادھر ہی بے اختیار ہو کر سجدے میں جھک گئیں، ان کی زبان پر یہی الفاظ تھے۔

''یا اللہ تیرا شکر ہے، یا اللہ میرے بچے کی قربانی قبول فرما۔ اس نے ملک کی عظمت کی خاطر راہ حق میں اپنی جان دی ہے اسے قبول فرمانا یارب۔''

دوستی

''تم ایسا کیسے کر سکتی ہو؟''

نائلہ نے اچنبھے سے کہا۔

''نہیں، وہ اصل میں۔۔۔''

زویا نے الجھتے ہوئے کچھ کہنا چاہا۔

''بس بہت ہو گیا ہے۔ مجھے اب تمہاری کوئی بات نہیں سننی ہے۔''

نائلہ نے حتمی انداز میں اپنا فیصلہ سنایا اور اپنی راہ لی۔

''نائلہ! رکو، میری بات تو سنو۔''

زویا آوازیں ہی دیتی رہ گئی لیکن نائلہ نہ رکی۔

نائلہ کو زویا پر شدید غصہ تھا اسی وجہ سے وہ بغیر کچھ کہے اور سنے ہی سکول سے جلدی گھر آ گئی تھی۔ آج اسکول میں ہوئے واقعے کے بعد سے نائلہ بہت الجھی ہوئی تھی۔

اس کا مرجھایا ہوا چہرہ سب نے محسوس کر لیا تھا۔

دوپہر کے کھانے سے فراغت کے بعد امی نے نائلہ سے پوچھا۔

''کیا بات ہے۔ کچھ ہوا ہے؟''

امی نے شفقت سے پوچھا۔

''میری زویا سے لڑائی ہو گئی ہے۔''

نائلہ نے بھرائی ہوئی آواز میں جواب دیا۔

''لڑائی؟؟ وہ بھی زویا سے۔ یہ کیسے ہوا؟''

نائلہ کی بات پر امی حیرت میں ڈوب گئی تھی۔

''جی۔''

نائلہ نے آہستہ سے سر ہلا کر جواب دیا۔

نائلہ اور زویا بچپن کی سہیلیاں تھیں۔ دونوں کی گہری دوستی کی مثال پورا اسکول دیتا تھا۔ نرسری سے لے کر ششم جماعت تک دونوں ایک ساتھ پڑھتی آئی تھی اور کسی بھی پل ایک دوسرے سے جدا ہونے کا تصور تک نہیں کر سکتی تھیں، ایسے میں امی کی حیرانگی اپنی جگہ پر بالکل بجا تھی۔

''ایسا کیا ہوا ہے بیٹا؟'' امی ہنوز تعجب کا شکار تھیں۔

''امی! آپ کو پتا ہے کہ زویا نے امانت میں خیانت کی ہے۔'' نائلہ نے منہ بسورتے ہوئے امی کو بتایا۔

''امانت میں خیانت۔ وہ کیسے؟'' امی نے استفسار کیا۔

''میں نے کلاس کی ایک لڑکی کے بارے میں کچھ راز کی باتیں زویا کو بتائی تھی اور اس سے وعدہ بھی کیا تھا کہ وہ کسی کو نہیں بتائے گی لیکن امی زویا نے وعدہ توڑ دیا اور آئمہ کو سب کچھ بتا دیا۔''

زویا کی بے وفائی کا ذکر کرتے ہوئے نائلہ کی آواز بھرا گئی تھی۔

''اچھا تو یہ بات ہے۔'' ساری بات سننے کے بعد امی اصل بات کی تہہ تک پہنچ گئی تھیں۔

''امی! زویا نے اچھا نہیں کیا۔''

نائلہ نے آنکھوں میں آئے آنسو پونچھتے ہوئے کہا۔

''بیٹا نائلہ! کیا آپ کو معلوم ہے کہ جب ہم دوستی کا ہاتھ بڑھاتے ہیں تو ہمیں چاہیے کہ اپنے دوست کی صرف اچھی نہیں بلکہ بری باتوں کو بھی کھلے دل سے تسلیم کریں۔''

امی نے نائلہ کو سمجھاتے ہوئے کہا۔

''اچھی تک تو ٹھیک ہے لیکن امی یہ بری باتیں کیوں تسلیم کرنی چاہیے؟''

نائلہ نے ذہن میں آئے سوال کے متعلق امی سے پوچھا۔

''وہ اس لیے بیٹا کہ ہم انسان ہیں فرشتے نہیں ہیں۔ ہم مکمل نہیں ہیں اور غلطیاں انسانوں سے ہی سرزد ہوتی ہیں۔''

امی نے بہت ہی آزمودہ سبق نائلہ کے گوش گزار کیا۔

''اس کا کیا مطلب ہوا؟''

نائلہ ابھی بھی الجھی ہوئی تھی۔

''بیٹا جی! اس کا مطلب صاف ہے کہ ہمیں دوسروں کو انسان ہونے کا مارجن دینا چاہیے۔ ان کی غلطیوں کو درگزر کر کے صلہ رحمی والا معاملہ اختیار کرنا چاہیے۔ یہ اللہ کا حکم بھی ہے اور پسندیدہ فعل بھی ہے۔''

امی نے مختصر الفاظ میں ساری بات نائلہ کو سمجھا دی تھی۔

''اس کا مطلب تو یہی ہوا کہ مجھے بھی زویا کو معاف کر دینا چاہیے اور اس کو سمجھانا چاہیے تاکہ وہ آئندہ ایسی غلطی نہ کرے۔''

نائلہ نے بات کو سمجھتے ہوئے مثبت پہلو امی کے سامنے عیاں کرتے ہوئے کہا۔

''بالکل میری بچی! آپ کو ایسا ہی کرنا چاہیے۔ ویسے بھی بڑے سیانے کہتے ہیں کہ: ''جب کسی سے دوستی کرو تو اپنے دل میں ایک قبرستان بنالو اور اپنے دوست کی ہر بری بات کو اس میں دفناتے جاؤ۔''

امی نے نائلہ کو ایک قول سناتے ہوئے سمجھانا چاہا۔

''واہ یہ تو بہت ہی خوبصورت بات ہے۔''

نائلہ کو قول بے حد پسند آیا تھا۔

''کیا آپ زویا سے اب بھی ناراض ہو؟''

امی نے شرارت سے نائلہ کو چھیڑتے ہوئے پوچھا۔

''نہیں بالکل بھی نہیں۔ وہ میری سب سے اچھی دوست ہے۔ کیا ہوا کہ اس سے غلطی ہوگئی لیکن ہے تو وہ میری دوست نا۔'' نائلہ نے اپنی سچی اور پکی دوستی کا اظہار کرتے ہوئے اس بات کا اعتراف کرلیا تھا کہ اس کی دوست بھی ایک عام انسان ہے، جس سے غلطی سرزد ہوسکتی ہے لیکن محض ایک غلطی کے پیچھے دوستی کو ختم تو نہیں کیا جاسکتا نا۔

انمول خزانہ

ڈھب کی زوردار آواز کے ساتھ ایمن کے سر پر وزنی کتاب آن پڑی تھی۔
ایمن بے اختیار بلبلا اٹھی تھی۔
"کیا مسئلہ ہے؟" ایمن نے درد سے کراہتے ہوئے کہا۔
"کدھر تھیں تم؟"
"ہم کب سے تمھیں ڈھونڈ رہی ہیں۔"
"ادھر کیوں چھپی بیٹھی ہو؟"
ایک ساتھ کئی آوازیں ایمن کو سنائی دی۔
"تم لوگوں کے ساتھ مسئلہ کیا ہے؟ مجھے ابھی اکیلا چھوڑ دو۔ مجھے کسی سے بات نہیں کرنی ہے۔"
ایمن نے جھنجھلا کر کہا۔
سب سہیلیاں اُس کے اس رویے پر حیران رہ گئی تھیں۔
اس بے رخی سے تو ایمن نے کبھی بات نہیں کی تھی۔ وہ تو بڑی سلجھی ہوئی، تمیزدار لڑکی تھی۔
"کیا بات ہوئی ہے ایمن؟ کوئی پریشانی ہے تو ہمیں بتاؤ، آخر دوست کس لیے ہوتے ہیں۔"
ایک دوست بولی۔
"ایمن کوئی پریشانی ہے تو مجھے بتاؤ۔ یوں خود کو ہلکان مت کرو۔ ہر مسئلے کا کوئی نہ کوئی حل ضرور ہوتا ہے۔" دوسری دوست نے بھی اپنی جانب سے بات کہہ دی۔
فاریہ اور مریم آگے بڑھ کر ایمن کو حوصلہ دے رہی تھیں۔ اُس وقت ایمن کا کوئی چہرہ دیکھ لیتا تو یہ ضرور جان سکتا تھا کہ وہ بے حد پریشان ہے۔
"تمھیں پتا ہے آج پرنسپل صاحبہ نے اسمبلی میں کیا کہا ہے؟"
ایمن نے بڑی مشکل سے اپنی بات کہی۔

''یار! وہ تو روز ہی کچھ نہ کچھ کہتی رہتی ہیں. تم اُن کی کسی بات پر پریشان نہ ہو۔''

مریم نے ایمن کی بات کو مذاق میں ٹال دیا۔

فاریہ نے اس کو گھور کر خاموش رہنے کا اشارہ کیا۔

''آج تو کافی کچھ کہا ہے انہوں نے، لیکن تم آخر اُن کی کس بات سے پریشان ہو؟''

فاریہ نے ایمن سے استفسار کیا۔

''انہوں نے کہا ہے کہ۔۔۔۔''

ایمن تھوک نگلتی ہوئے بمشکل بول پائی تھی۔

''ہاں ہاں، آگے بولو'' سب سہیلیوں نے اس کی ہمت بندھاتے ہوئے کہا۔

''اگلے ہفتے سکول میں بک فیئر لگے گا۔''

ایمن اپنی بات بتا کر پریشانی سے سب کا منہ دیکھنے لگی، جیسے کوئی دھماکہ خیز خبر سنانے کے بعد سب کے تاثرات کا جائزہ لے رہی ہو۔

''یار یہ تو اچھی بات ہے۔ شکر ہے ہمارے سکول کی بھی سنی گئی ہے۔ ادھر بھی کچھ نیا اور منفرد ہوگا۔ تم خواہ مخواہ پریشان ہو رہی ہو۔''

مریم نے اپنے خیالات کا اظہار کرتے ہوئے خوشی سے کہا۔

''ایمن مجھے تمھاری پریشانی کی سمجھ نہیں آئی۔ آخر تم کس بات پر پریشان ہو؟''

فاریہ ابھی تک ایمن کی الجھن کو سمجھنے میں ناکام تھی۔

''اصل میں مجھے بچپن سے رنگ برنگے سرورق اور تصویروں والی کتابیں بہت پسند ہیں۔ مجھے کہانیاں پڑھنا بہت پسند ہیں۔ مجھے بک فیئر کی بہت خوشی ہے لیکن میرے پاس پیسے نہیں کہ میں یہ مہنگی کتابیں خرید سکوں۔''

ایمن نے بے چارگی سے اپنا مسئلہ اپنی دوستوں کے گوش گزار کرتے ہوئے بتایا۔

''تم کتابیں لینا چاہتی ہو مگر تمھارے پاس پیسے نہیں ہیں۔ اس لیے تم پریشان ہو؟''

فاریہ نے بات کی تصدیق کرتے ہوئے پوچھا۔

''ہاں یہی بات ہے۔''

ایمن نے سر ہلاتے ہوئے بات کی تصدیق کر دی۔

''یارا پنے گھر والوں کو کہو وہ تمھارا یہ شوق ضرور پورا کریں گے۔''

فاریہ نے جھٹ سے تجویز دے ڈالی۔

''کاش !ایسا ممکن ہوتا۔''

ایمن نے سرد آہ بھرتے ہوئے کہا۔

''ابو کی تنخواہ پہلے ہی بڑی معمولی ہے، گھر کا گزر بسر بڑی مشکل سے ہوتا ہے. ایسے میں میرے اس مہنگے شوق کو پورا کرنا ان کے بس کی بات نہیں۔''

''یار تم بلاوجہ پریشان ہو رہی ہو، یہ اتنا بڑا مسئلہ نہیں ہے۔''

مریم نے بڑے ہلکے پھلکے انداز میں ایمن کو تسلی دیتے ہوئے کہا۔

''اچھا!وہ کیسے؟''

ایمن اور فاریہ بیک وقت بولی۔

''دیکھو! ہم سب کے گھر کے حالات ایک جیسے ہیں۔اسی لیے تو ہم گورنمنٹ سکول میں پڑھتے ہیں۔ایسے میں اگر ہم اپنا جیب خرچ مل کر جمع کریں تو ایک یا دو کتابیں تو لے ہی سکتے ہیں۔''

مریم نے تسلی سے دادی اماں بن کر سب کو سمجھاتے ہوئے تجویز بتائی۔

''ارے واہ! پہلی دفعہ تم نے ڈھنگ کی بات کہی ہے۔''

ایمن نے بے ساختہ مریم کو گلے سے لگا لیا۔

تینوں سہیلیوں نے مل کر ایک مہینے میں بیس روپے کے حساب سے اتنی رقم جمع کر لی تھی کہ وہ کوئی کتاب خرید سکیں۔

جیسے ہی پیسے اکھٹے ہوئے تینوں مل کر ایک کتاب کی دکان پر گئیں جہاں پر پیاری پیاری کہانیوں کی کتابیں موجود تھیں۔

انہوں نے اپنے بجٹ کے مطابق چار کتابیں پسند کی اور لینے میں کامیاب ہوگئی۔

فاریہ اور مریم نے باری باری کتابیں پڑھ کر ایمن کے حوالے کر دیں. اب وہ کتابیں ایمن کی ملکیت ہیں۔جنہیں اُس نے الماری میں سجا کر رکھا ہے۔ایمن جب بھی انہیں دیکھتی تو باغ باغ ہو جاتی ہے۔. اس دن سے ایمن کی زندگی میں انقلاب آیا ہوا ہے۔اُس نے پیسے ضائع کرنے چھوڑ دیے ہیں۔

''قطرہ قطرہ دریا بنتا ہے'' کے مصداق ایمن کے پاس جب بھی پیسے اکٹھے ہوتے ہیں وہ کتابیں خرید لیتی ہے۔دن بہ دن اُس کی الماری میں کتابوں کی تعداد بڑھتی چلی گئی اور لائبریری کا وجود قیام پزیر ہوا۔یوں ایمن اپنے شوق کو لائبریری کی شکل میں ڈھال کر اپنے ساتھ دوسروں کے لیے بھی راحت کا سامان مہیا کر رہی ہے۔اب اس چھوٹی سی بستی میں ایک خزانہ ہے لائبریری کی شکل میں،جو ایمن کے طفیل وقوع پزیر ہوا اور پورے محلے کے بچوں کے لیے دلچسپی کا باعث ہے۔

ناپاک منصوبہ

''اے بھگوان! ان کو بچالے۔ ان کی سرکشا کرنا۔''
شعیب نے فکرمندی سے دونوں ہاتھوں کو جوڑ کر سر جھکا کر مراد مانگتے ہوئے کہا۔
''ارے! یہ کیا؟''
پاس سے گزرتی فری آپی یہ منظر دیکھ کر چونک گئی۔
''اے ہنومان، میری پراتنا کو سن لو۔''
شعیب ہنوز اپنی دنیا میں مگن تھا وہ اس بات سے بے خبر تھا کہ آپی مسلسل اسی کو گھور رہی تھیں۔
''یہ کیا بدتمیزی ہے؟ کیا کر رہے ہو تم؟''
فری کی برداشت جواب دے گئی تھی۔ اس نے شعیب کے سر پر چیختے ہوئے سوال کیا۔
''میں، وہ میں پراتنا کر رہا تھا کہ یہ بچ جائے۔''
فری کے ردعمل پر شعیب ایک دم سے چونک گیا تھا اسے سمجھ نہیں آ رہی تھی کہ وہ کیا جواب دے اوپر سے ٹی وی پر کارٹون میں اس کا پسندیدہ ہیرو بھی مرنے کے قریب تھا۔
''تمہیں پتہ بھی ہے کہ کیا اول فول بکتے جا رہے ہو؟''
آپی نے چھوٹے بھائی کو آنکھیں نکالتے ہوئے خوب سرزنش کیا۔
''اب میں نے ایسا بھی کیا کر دیا ہے جو آپ آگ بگولا ہوئے جا رہی ہیں؟''
شعیب نے معصومیت سے منہ لٹکاتے ہوئے آپی سے شکایت کر ڈالی۔
''کیا تمہیں معلوم نہیں ہے کہ تمہاری غلطی کیا ہے؟''
فری آپی نے تعجب سے استفسار کرتے ہوئے کہا۔
''نہیں میری تو کوئی غلطی نہیں ہے، آپ ہی خواہ مخواہ ڈانٹتی جا رہی ہیں۔''
شعیب نے منہ بسورتے ناراضگی سے کندھے اچکاتے ہوئے جواب دیا۔

''او میرے چھوٹے بھائی، تم یہ جو الفاظ بول رہے تھے یہ بہت ہی گندے اور برے لفظ ہیں۔ ہم مسلمان ہیں۔ ہم صرف ایک اللہ کی عبادت کرتے ہیں اور اسی سے دعا مانگتے ہوئے سجدے میں جھکتے ہیں۔ یہ بھگوان وگوان کچھ نہیں ہوتا ہے۔ یہ سب ہماری اپنی پیدا کردہ خرافات ہیں۔''

آپی نے پیار سے چھوٹے بھائی کو سمجھاتے ہوئے بتایا۔

''آہ! یہ کیسے ہوسکتا ہے؟ کارٹون میں تو وہ بھگوان کو آواز دیتے ہیں اور وہ فوراً سے ان کی مدد کے لیے پہنچ جاتا ہے۔''

شعیب کا معصوم ذہن مذہبی عقائد کی باریک سی لکیر کے درمیان پوری طرح سے پھنس چکا تھا۔

''وہ کارٹون ہیں حقیقت نہیں ہے اور اسے ہندوؤں نے بنایا ہے اسی لیے وہ اپنے مذہب، عقائد اور ثقافت کو ہی دکھاتے ہیں۔ یہ چیزیں ہمارے دیکھنے کے لائق نہیں ہیں۔''

آپی نے سختی سے ڈانٹتے ہوئے شعیب کو کھلے الفاظ میں تنبیہ کرتے ہوئے کہا۔

''یعنی کہ یہ سچ نہیں ہے؟ ہمارا اور ان کا خدا ایک نہیں ہے؟''

شعیب ابھی تک ورطہ حیرت میں ڈوبا ہوا تھا۔ اس کی دس سالہ زندگی میں یہ سب سے بڑا جھٹکا تھا جو آج اس کو ملا تھا۔

''جی ہاں جی! اور یہ تم جو ہاتھ باندھ کر پرا تنا کر رہے تھے (استغفر اللہ) اس پر تمھیں بہت گناہ ملے گا۔ اس لیے سچے دل سے توبہ کرتے ہوئے آئندہ کے لئے ہمیشہ کے لئے تائب ہو جاؤ۔''

فری آپی نے کھلے لفظوں میں سب عیاں کرتے ہوئے چھوٹے بھائی کو توبہ کرنے کی نصیحت کر ڈالی۔

''کتنے ہی افسوس کی بات ہے۔ مسلمان گھرانے میں پیدا ہونے والا بچہ آج غیر مذہب کی پیروی کر رہا ہے۔ یہ سب سوچی سمجھی سازش نہیں تو اور کیا ہے؟''

دادی جان جو کب سے دونوں بہن بھائیوں کی باتوں پر کان دھرے بیٹھی تھیں انہوں نے اپنے کانوں کو ہاتھ لگاتے ہوئے ایک نیا انکشاف کر ڈالا۔

''سوچی سمجھی سازش؟ یہ کس کی سازش ہوسکتی ہے؟''

فری نے اچنبھے سے دادی جان سے پوچھا۔

''ملک دشمن عناصر کی اور کس کی ہوسکتی ہے؟ بیٹا کسی بھی ملک کو تباہ و برباد کرنے کا سب سے آسان طریقہ یہی

ہے کہ ان کی نئی نسل کو اپنے جال میں پھنسایا جائے ان کے ذہن کو قابو میں کیا جائے۔ دیکھ لو آج یہی سب ہو رہا ہے۔''

دادی جان نے سرد آہ بھرتے ہوئے بچوں پر ایک نیا انکشاف کر ڈالا۔

''حیرت ہے، یہ خیال مجھے کیوں نہیں آیا؟''

آپی نے حیرت سے کہا۔

''بیٹا۔۔۔ہم دشمنوں کے جال میں پوری طرح سے پھنس چکے ہیں۔ہمیں یہ سب معیوب نہیں لگتا ہے ہم مکمل طور پر ذہنی طور پر مفلوج ہو چکے ہیں اور ہم اندھی تقلید کی مانند بغیر سوچے سمجھے ان کے بتائے ہوئے راستے پر چلتے ہی چلے جا رہے ہیں۔''

دادی جان گویا رو دینے کے قریب تھیں۔

ن کی آنکھیں نم اور آواز لرز رہی تھی۔

''میں بھی کتنا بیوقوف ہوں۔''

شعیب نے اپنے سر پر چپت رسید کرتے ہوئے خود کو سمجھایا۔

''تمہارا بھی قصور نہیں ہے بیٹا! یہ زہر کا میٹھا ٹیکا ہے جو دل و دماغ میں خاموشی سے سرایت کر جاتا ہے اور محسوس بھی نہیں ہونے دیتا ہے۔''

دادی جان نے زہر خندہ لہجے میں دشمنوں کی چال کو عیاں کرتے ہوئے کہا۔

''دادی! اس سے بچاؤ کا کیا حل ہے؟''

شعیب نے دادی سے اس اہم مسئلے کا حل دریافت کرنا چاہا۔

''اس کا صرف ایک ہی حل ہے کہ اپنے ملک سے سچی اور بے لوث محبت کا ثبوت دیتے ہوئے جذبہ حب الوطنی کے تحت اپنے پرکھوں کی قربانیوں کو ہمیشہ یاد کیا جائے اور ان کے نقش قدم پر چلنے کی سعی کی جائے تا کہ ہمارے دل اور دماغ میں دشمنوں کی پیدا کردہ خرافات کا اثر نہ ہو اور ہم ان سے میلوں دور رہیں۔اپنے مذہب اور ثقافت کو مضبوطی سے تھامے رکھو۔''

دادی جان نے بچوں کو مکمل لائحہ عمل بتاتے ہوئے کہا۔

''بہت خوب دادی!''

فری نے بے اختیار دادی کو داد دیتے ہوئے کہا۔

''دادی جان! میں آج آپ سے وعدہ کرتا ہوں کہ آئندہ ایسی شر انگیز چیزوں سے کوسوں دور رہوں گا اور ہر اس چیز سے بچ کر رہوں گا جو میرے دل و دماغ میں سے میرے ملک اور دین کی محبت کو کم کرے اور مجھے میرے راستے اور مقصد سے ہٹانے کا موجب بنے۔''

شعیب نے دادی سے وعدہ کرتے ہوئے عزم کر ڈالا۔

''انشاءاللہ! مجھے یقین ہے کہ میرا بچہ اپنے کہے پر قائم رہے گا اور اپنے بڑوں کی قربانیوں کو رائیگاں نہیں جانے دے گا۔''

دادی نے اپنے پیارے پوتے شعیب کو دعا دیتے ہوئے خوب پیار کیا۔

شعیب نے دل ہی دل میں عزم کیا تھا کہ وہ اپنے ملک کی حفاظت کرے گا اور ہر دم اپنے ملک کی خاطر کمر بستہ رہے گا۔ نہ صرف خود دشمن کی چال کو ناکام بنائے گا بلکہ دوسروں کو بھی اس کی ترغیب دے گا۔

نعمان کا باجا

''امی پلیز، امی!''

نعمان نے کہا۔

''نہیں، بالکل بھی نہیں۔''

امی نے جواب دیا۔

''امی! میری پیاری امی، پلیز مان جائیں نا۔''

نعمان نے ضد کرتے ہوئے کہا۔

''کبھی نہیں، سوال ہی پیدا نہیں ہوتا۔''

امی نے بھی ٹھان لی تھی کہ نعمان کی بات تسلیم نہیں کرنی ہے۔

''امی کیا ہو گیا ہے؟؟؟ مجھے سمجھ نہیں آ رہی آپ کیوں نہیں مان رہی ہیں؟''

نعمان نے خفگی سے کہا۔

''تم سمجھنا نہیں چاہتے اس لیے تمھیں سمجھ آنی بھی نہیں۔''

امی نے گھورتے ہوئے کہا۔

''امی میری اچھی امی، بس یہ بات مان لیں، پھر ضد نہیں کروں گا، پلیز امی۔''

نعمان نے ضد جاری رکھتے ہوئے کہا۔

''بس چپ، تمھیں ایک بار کی بات سمجھ نہیں آتی، نہیں تو نہیں۔ بس، اب اس بارے میں کوئی بات نہیں ہوگی۔ ماننے والی بات ہوتی تو ضرور مان لینا تھا۔''

امی نے اپنی حتمی بات کہی اور کچن کی طرف بڑھ گئیں۔

نعمان اور اس کی امی کے درمیان کافی دیر سے بحث جاری تھی۔

نعمان اپنی بات منوانے کی کوشش کر رہا تھا جب کہ اس کی امی مان نہیں رہی تھیں۔ سارے حربے آزمانے کے

بعد نعمان نے امی کو جذباتی کرنے کی کوشش کی۔

''آج ابو زندہ ہوتے تو وہ کبھی منع نہ کرتے۔''

نعمان نے روتے ہوئے امی کو ایموشنل بلیک میل کرنے کی بھرپور کوشش کرتے ہوئے کہا۔

''ہونہہ! آج اگر وہ ہوتے تو تمھاری اس بات پر جوتے مارتے تمھیں۔''

امی نے استہزائیہ ہنستے ہوئے کہا۔

اپنی آخری امید بھی کارگر ثابت نہ ہوتے دیکھ کر نعمان چکرا کر رہ گیا تھا۔

اس کا خیال تھا ابو کے ذکر پر امی مان جائیں گی لیکن یہاں تو سب الٹ ہو گیا تھا۔

اب وہ اونچی آواز میں ٹی لاونج میں بیٹھا رو رہا تھا۔

امی کچن میں کام کر رہی تھیں، ساتھ ساتھ وہ نعمان کو روتا بھی دیکھ رہی تھیں۔

پہلے کبھی ایسا نہیں ہوا تھا، نعمان کی ہر جائز و ناجائز بات مانی جاتی تھی۔ یہ بات نعمان کو پریشان کرنے کے لیے کافی تھی۔ نعمان کا خیال تھا کہ اس کے رونے پر اس کی امی کا دل نرم پڑ جائے گا لیکن یہ اس کی خام خیالی ہی ثابت ہوئی تھی۔

جب رونے کا کوئی فائدہ نہ ہوا اور نعمان رو رو کر تھک گیا تو دادی کے کمرے میں چلا گیا۔

''دادی۔ دادی جان۔''

''ریں، ریں، ریں۔''

''روں، روں، روں۔''

''سوں، سوں، سوں۔''

کمرے میں داخل ہوتے ہی نعمان نے رونا شروع کر دیا تھا۔

''ارے ارے، کیا ہوا میرے بچے؟ کیوں رو رہے ہو؟''

نعمان کو روتا دیکھ کر دادی کا کلیجہ منہ کو آ گیا تھا۔

انہوں نے پریشانی سے استفسار کیا۔

نعمان دادی کا لاڈلا تھا اور ہوتا بھی کیوں نا؟ آخر کو ان کے واحد بیٹے کی اکلوتی نشانی جو تھا۔

''میرے لال نہ رو، مجھے بتا کیا ہوا ہے؟''

دادی نے نعمان کا سر گود میں لیتے پیار کرتے ہوئے کہا۔

دادی کو پریشان دیکھ کر نعمان نے اورزور سے رونا شروع کر دیا۔

''ارے! اب کیا دادی کی جان لے گا؟ کچھ بولے گا بھی یا روتا ہی رہے گا؟''

دادی نے مسکراتے ہوئے کہا۔

''وہ۔دادی۔۔۔دادی۔دادی آپ امی کو سمجھائیں۔''

نعمان جلدی سے اپنے مدعا پر آ گیا۔

''ہیں؟؟؟؟ تیری ماں کو سمجھاؤں؟؟ اس کو سمجھانے کی کیا ضرورت ہے وہ تو ماشاء اللہ سے پہلے ہی سمجھدار ہے۔''

دادی بولنے پر آئی تو پھر بغیر رکے بولتے ہی چلی گئی، اپنی بہو کی شان میں قصیدے پڑھتی ہی چلی گئی۔

نعمان کا دل چاہا اپنا سر دیوار پر دے مارے۔

''دادی! دیکھیں یہ کتنا مبارک مہینہ ہے نا؟''

نعمان نے دادی کی کمزوری کو موضوع گفتگو بناتے ہوئے کہا۔

''ہاں ماشاء اللہ سے ربیع الاول کا مہینہ تو بہت بابرکت اور مبارک ہوتا ہے۔''

دادی نے تصدیقی انداز میں کہا۔

''ہاں تو دادی! اس مہینے کا احترام کرنا ہم پر لازم ہے نا؟''

نعمان آہستہ آہستہ دادی کو رام کر کے اصل بات کی جانب بڑھ رہا تھا۔

''ہاں بیٹا! اس کا احترام تو ہم پر لازم ہے۔آخر کو ہم امتی جو ٹھہرے نبی آخر الزماں ﷺ کے اور یہ ہے بھی ہمارے نبی کی ولادت کا مہینہ ہے۔''

دادی نے بڑی عقیدت کے ساتھ نعمان کو بتایا۔

''ہاں تو دادی، ہمیں اپنے نبی کی آمد کے موقع پر خوشی تو منانی چاہیے نا؟''

نعمان نے معصوم بھولا سا چہرہ بنا کر دادی سے سوال کیا۔

دادی نعمان کی ہاں میں ہاں ملائے جا رہی تھی، اس بات پر نعمان نے دل ہی دل میں شکر کا کلمہ پڑھ ڈالا۔

''بس دادی اتنی سی بات ہے۔امی مجھے اس موقع پر خوشی نہیں منانے دے رہی ہیں۔'' نعمان نے رونی صورت

بنا کر بے چارگی سے دادی کی طرف دیکھتے ہوئے کہا۔

''ہائے! میں تو تیری ماں کو بہت سمجھدار سمجھتی تھی پر وہ تو۔۔۔'' دادی بولتے بولتے ایک دم چپ ہوگئی۔نعمان کے سامنے وہ اس کی امی کو کچھ غلط کہنے کی غلطی نہیں کرسکتی تھیں۔

''چلو آؤ میرے ساتھ۔میں بات کرتی ہوں فرزانہ سے آخر وہ بچے کو کیوں منع کر رہی ہے۔'' دادی نعمان کا ہاتھ پکڑ کر کچن میں لے آئیں جہاں اس کی امی پہلے سے کام میں مصروف تھیں۔نعمان کو دادی کے ساتھ آتا دیکھ کر اس کی امی معاملے کو سمجھ گئی تھی۔

امی نے بھرپور گھوری ڈال کر دیکھا،نعمان نے نظریں چرا کر ادھر ادھر دیکھنا شروع کر دیا تھا۔

''ارے فرزانہ بیٹی! کیوں بچے کی بات نہیں مان رہی ہو؟ مبارک مہینے پر خوشی منانے سے کیوں منع کر رہی ہو؟'' دادی نے نعمان کی حمایت کرتے ہوئے اس کی سفارش کر ڈالی۔

''یہی بات تو میں کہہ رہی ہو اماں جی۔خوشی کے موقع پر خوشی منائی جائے ،شیطانی حربے نہ استعمال کیے جائیں۔'' امی نے دادی کو اپنی بات کی وضاحت دیتے ہوئے کہا۔

''ہیں؟ شیطانی حربے؟؟؟'' دادی ہکی بکی اپنی بہو کا منہ تکنے لگی تھیں۔

''تم نے پوری بات نہیں بتائی ؟'' امی نے نعمان کو آنکھیں نکال کر پوچھا۔

''جج۔جی۔بتائی ہے۔''نعمان نے گھبرا کر کہا۔

''ہمم۔لگ تو نہیں رہا۔'' امی نے نعمان کو لتاڑ ڈالا۔امی کے بگڑے تیوروں سے نعمان گھبرا رہا تھا۔

''اماں جی! یہ مبارک مہینہ عبادت،شکر گزاری اور عقیدت مندی کا ہے۔اس میں ہمیں پیارے نبی ﷺ کی اسوہ حسنہ پر عمل کرنا چاہیے۔''

امی نے اپنا موقف واضح کیا۔

''ہاں بیٹی! یہ بات تو میں جانتی ہوں۔'' دادی نے جواب دیا۔

''بس یہی بات میں اس کو سمجھانے کی کوشش کر رہی ہوں جو کہ اس کی سمجھ میں نہیں آرہی ہے۔'' امی نے دادی کو ساری تفصیل بتائی۔

''یہ باتیں تو اس کو بھی معلوم ہیں پھر کیا مسئلہ ہے؟ کیوں نہیں سمجھ رہا؟'' دادی نے خود کلامی کے انداز میں کہا۔

دادی الجھ کر رہ گئی تھیں ان کو سمجھ نہیں آرہی تھی کہ اصل مسئلہ کیا ہے؟؟؟

''اماں جی! برخوددار کے سر پر بینڈ باجے کا بھوت سوار ہوگیا ہے کیونکہ ان کے سب دوست اس میں شامل ہیں اوران کوشہہ دے رہے ہیں۔''

امی نے ساری بات دادی کے سامنے کھول کر رکھ دی۔

''آہ! اب میں سمجھی۔'' دادی کو ساری بات سن کراب اطمینان ہوگیا تھا۔

''کوئی بات نہیں بیٹی! ابھی بچہ ہے خود ہی وقت کے ساتھ سمجھ جائے گا تم اس کو اجازت دے دو۔''

نعمان کا اترا منہ اور سوجھی آنکھیں دیکھ کر دادی کو اس پر ترس آرہا تھا۔

''سوال ہی پیدا نہیں ہوتا اماں جی! یہ بچہ تو نہیں ہے، آٹھویں جماعت میں پڑھتا ہے۔'' امی نے جواب دیا اور پھر کچھ یوں گویا ہوئیں:

''بہت معذرت اماں جی! میں اس کو کبھی کسی غلط کام کی اجازت نہیں دے سکتی ہوں۔ اب نہیں سمجھے گا تو کب سمجھے گا؟؟؟ مجھے تو یہ سمجھ نہیں آتی کہ یہ کون سا طریقہ ہے کہ ہاتھ میں ڈرم، چھلے پکڑ کر موسیقی کے آلات کے ذریعے جشن منایا جائے۔ اس پر بھی بس نہیں داڑھی، مونچھیں منڈوا کر کافروں جیسا حلیہ بنا کر برہنہ جسم کے ساتھ گلی گلی گھوما جائے۔ اور اماں جی حد تو یہ ہے کہ دیکھنے والے تماش بین بھی ان کو سراہتے ہیں۔ جوان لڑکیاں اور عورتیں گھروں سے تیار ہو کر الٹے سیدھے فیشن کر کے نامحرموں کے درمیان گھومتی پھرتی ہیں۔ یہ جشن منایا جارہا ہے نبی ﷺ کی آمد کا؟؟؟''

نعمان کی امی کی آواز درد سے کانپ رہی تھی۔ وہ بولے جارہی تھیں۔

''وہ نبی ﷺ جنہوں نے ان چیزوں سے منع کیا۔ دین کی تعلیمات ہمیں تھمائیں۔ آج ان کی ولادت کے موقع پر ہم ان کی بتائی تمام باتوں سے منحرف ہو کر گلی گلی ناچ گانا کر کے ڈھول پیٹ کر جشن منائیں۔ اگر یہی جشن کا انداز ہے تو میں اپنے بیٹے کو ان کافروں کی صف میں ہرگز شامل نہیں ہونے دوں گی۔''

نعمان کی امی کی بات سن کر دادی نے نظریں جھکالیں جبکہ نعمان ہکا بکا منہ کھولے کھڑا تھا۔

''اماں جی! ان سب کو جشن تو نظر آتا ہے ولادت کا کوئی یہ کیوں نہیں بتاتا کہ اسی مہینے میں آپ ﷺ کی وفات بھی ہوئی تھی۔ جو مہینہ خوشی و مسرت کا ہے وہی باعث رنج و دکھ کا بھی ہے۔''

نعمان کی امی اب بول بول کر تھک گئی تھیں۔ ان کا دل رو رہا تھا جبکہ آنکھوں سے آنسو جاری تھے لیکن دکھ تھا کہ ختم ہونے میں نہیں آرہا تھا۔

''آج اگر اس کے ابو زندہ ہوتے تو وہ کبھی نہ چاہتے کہ ان کا بیٹا گمراہ ہو۔ان کی خواہش تھی کہ ان کا نعمان اسلامی تعلیمات پر زندگی گزارے اور راہ حق میں ان کی طرح شہادت کا درجہ پائے۔''

نعمان کی امی کا صبر اب جواب دے گیا تھا۔

وہ روتے ہوئے اندر کمرے کی جانب بھاگ گئی تھیں۔

دادی اپنی پیاری اکلوتی اور لاڈلی بہو کو روتا دیکھ کر دکھی ہو گئی تھیں۔نعمان کی آنکھوں سے آج آزادی اور روشن خیالی کی سیاہ پٹی ہٹ گئی تھی۔آج اس کی سمجھ میں یہ بات آگئی تھی کہ بطور مسلمان ہمیں اپنی مذہبی تعلیمات کو فراموش کر کے غیروں کے انداز کو نہیں اپنانا چاہیے۔تاریخ گواہ ہے مسلمانوں نے جب بھی اپنی روش بدلی ان پر زوال کی کالی گھٹاؤں نے اپنا پہرہ دیا۔نعمان کا ذہن تمام شکوک وشبہات سے پاک ہو گیا تھا۔کیا آپ کا بھی ذہن صاف پاک ہو گیا ہے؟؟؟